KB267281

마음이 빛나는 사람들

死本2

서현수

마음이 빛나는 사람들

死本2

서현수

이 책을 소나무에 바친다.

1-0

초자 : 삶이란 선택하지 않은 선택일세. 바람처럼 살아가세. 바람은 앞장서길 다투지 않고, 앞장서길 두려워하지 않네. 빛처럼 살아가세. 빛은 달리기를 미루지 않고, 마지막 됨을 두려워하지 않네. 어둠은 밝음을, 없어짐을 두려워하지 않네. 물은 썩음을, 없어짐을 두려워하지 않네. 바람은 뜨거움을, 차가움을, 향기도 악취도 마다하지 않네. 죽음이란 선택한 망각일세. 이끼는 살아가네. 태어남을 두려워하지 않네. 죽어남을 두려워하지 않네. 존재하기도, 존재하지 않기도 하네. 그런 건 묻지도 않고, 답하지도 않네. 모든 걸 받아들여도 따르지는 않네. 따르는 건 오직 사본 뿐이라네.

1-1

유자 : 태양은 밤이 없다. 물론 겨울도 없다. 태양
스스로는 태양도 없다.

무자 : 큰 깨달음을 얻으셨노라, 들었소이다. 사
부님, 중생에게도 베풀어 주웁소서.

유자 : 아-암, 먼저 밝히려니 오해가 생길까 두려
워 둘려가겠노라.

무자 : 고맙소이다. 싯달타의 깨달음도, 예수의
깨달음도 같은가요.

유자 : 물론. 현재 깨달은 이도 상당히 많으나 아
직 우둔한 군중으로 여기고 미루고 있을
뿐이다.

무자 : 그러면 불교에서 일컫는, 깨달음 뒤의 수
련과 수련 뒤의 깨달음에 오해가 많은데.

유자 : 그렇다. 혹자는 그러지. 깨달음 뒤에 무슨
수련이 필요한가, 그러며 그걸 모순으로
여기지. 깨달음만 얻으면 만사형통, 전지
전능한 걸로 보아서 그래.

무자 : 싯달타는 기나긴 고행에선 깨달음을 얻지
못하고, 보리수나무 밑에서 쉬면서 깨달음
을 얻었는데, 혹시 여인에게서 받아먹은
우유에 다른 은유가 있는가요.

유자 : 허허, 사랑을 나누고 사랑을 얻음으로의
깨달음이라. 틀린 말은 아니지.

무자 : 과연 깨달음이 무엇인가요.

유자 : 서두르지 말아라. 항시 서두려면 잃는 게
많느니라. 누구는 그러지. 마음으로 우주
끝까지 순식간에 다녀온다고. 그러나 그건
마음을 몰라서 그래. 마음이란 축적된 기
호의 에너지일 뿐이야. 단지 우주와 끝이
란 기호(낱말)만 알지, 우주의 끝은 모른다.
쉽게 말해서, 지구 반대편에 아는 곳을 다
녀온다고 하자. 그것도 직접 경험이든 간
접 경험이든 뉴욕이든 동경이든 조그만 지

식의 축적, 예를 들면 일본의 후지산이라
든지, 뉴욕의 자유상에 대한 정보가 있었
기 때문에 가능하지. 만약 마음으로 아무
도 모르는 오지엔 어떻게 다녀오겠는가,
훨씬 가까운 거리라도 어떤 정보도 없는
데. 다시 말하면, 빛의 속도를 얘기하자. 1
초에 지구를 7바퀴 반을 돈다는데, 아무리
마음으로 다녀와도 빛보다 빨리 지구 반대
편에 다녀올 수가 없다. 지금 보는 태양도
8분 20초 전의 태양이라는데, 어찌 마음으
로 금방 다녀오겠느냐. 가설이나 하나의
과장법으로 표현할 수는 있겠지만, 엄청
멀고도 먼 우주의 변방에 다녀온다는 게
가능하겠느냐. 은하계인 우물 속에서만 봐
도, 태양은 한 점에 지나지 않는가.

무자 : 예, 사부님이 말씀하시길, 우주는 하나가
아닌 둘이고, 둘이 아닌 하나라.
하나가 하나이지 않고 둘이 둘이지 않다.
우리가 생각하는 우주는 대우주의 미세한
일부분으로 부스럼에 지나지 않는다고, 그

리고 첫 하나를 말씀하셨죠. 우주의 기본을 이루는 단위요소라고.

유자 : 그렇게 부르지. 이제 깨달음을 밝히겠노라.

무자 : ……

유자 : 깨달음이란 사본(死本)이니라. 바로 죽음자체이니라.

무자 : 싯달타의 깨달음도…

유자 : 그렇다. 사본을 깨달음으로 바로 부처가 되었느니라. 수련을 하였느니라. 이 깨달음을 어떻게 중생에게 밝힐까. 그때는 지금처럼 나라가 제대로 유지되지 않아 경찰도 없었고, 공권력, 과학도 미미하여 유전, DNA 등으로 설명이 불가하니 곤란하였느니라. 그래서 지옥이 나오고 천당이 나온 걸세. 한편으로 계속 공부하여 성불하라며.

무자 : 사본임을 깨달으면 이미 성불이 아니오리까.

유자 : 그러하니라. 참 부처가 되기 위해선 더 노력을 해야지. 이 세상을 어떻게 평화로이 유지할까.

무자 : 예수도 그걸 깨달았군요. 그래서 바로 하

나님의 아들이 되었네요.

유자 : 그러하지. 참 하나님의 아들이 되었지. 누구나 하나님의 아들이지. 그 하나님이 곧 사본이니라.

무자 : 모든 게 사본이라면 구별도 없지 않습니까.

유자 : 그러하지. 모든 것이 사본이라 평등하고 평화롭지. 옛날부터 선지자는 평화로운 세상을 만들려고 노력했느니라. 요즘은 종교로 더 싸움이 일어나니, 사본이라 말로 참다운 평화의 시작이네.

무자 : 죽음자체라면 너무 허무하지 않는가요.

유자 : 그렇지 않네. 잘 생각해 보시게. 기초 단위인 첫 하나 스스로의 에너지를 이해하면 바로 사본일세. 이 우주의 발생도 에너지 움직임의 변형으로 태어나지 않았는가. 바로 기적이지. 돌연변이랄 수 있는 별의 탄생, 사람의 탄생, 이보다 더한 기적이 어디 있겠는가. 사람으로 살아가며, 이 우주의 근본이 사본임을 알고 죽어가는 이 기쁨이, 이루 더할 나위가 있겠느냐.

무자:사본이란 깨달음이 바로 기쁨이군요.

유자:그렇네.

무자:처음 사부님이 염려하셨듯이, 깨달음이 사본이라 하여, 빨리 사본으로 돌아가려고 하는 자살은 어찌 해석하여야 하는가요.

유자:무의식의 말로일세. 고요한 사본에서 이 삶을 가졌는데 왜 기쁨을 멀리 하려느냐.

무자:우리가 무엇인가. 사본이라는 걸 알고 돌아가는 게 의의겠죠. 한 번의 삶이라 아름답죠. 모든 형용 자체도, 아무 것도 아니지만 느낌 자체만으로도 희열이죠.

유자:그렇지. 인간 언어의 의미로 스스로 자유자재하는 존재란 말일세. 또한 죽으면 바로 사본으로 시간, 공간을 초월하는 절대자가 되지.

무자:그래서 불교에서 성불하여 더 이상의 윤회가 없기를 바라군요.

유자:그렇네. 사본으로, 죽음 스스로의 에너지로 영원한 안식에 머무르는 것일세.

무자:기독교에서의 천국이군요. 그러니 이제는

지옥으로 중생들을 위협하지 않아도 되는
세월이 되었다는 말씀이군요.

유자 : 그렇네. 이제는 사원을 짓더라도 누구를
우러러 보지 말고, 스스로의 깨달음을 더
욱 연마하는 곳이 되어야지. 가장 큰 평화
를 위하여.

무자 : 예, 이제는 욕심쟁이 인간들을 제어할 국
가와 상식이 겸비되어 있으니.

유자 : 그렇네. 옛날에 자기방어용으로 빌기만 하
였다면 아직 빌기만 하겠느냐. 무기도 돌
에서 칼에서 총으로 바뀌었는데, 전쟁터에
서 누가 총 대신 돌로 싸우겠느냐. 시대가
바뀌었으니 평화도 새로운 길로 찾고 유지
되어야 하네.

무자 : 예. 잘 알겠나이다. 신(神)도 선지자들이 만
들어낸 일종의 방편이었군요.

유자 : 그렇네. 세월이 바뀌었지 않는가. 그리고
가정으로 눈을 돌려보시게. 남편이든 아내
이든 집에서는 왕과 왕비이길 바라지 않는
가. 그런데 왜 스스로가 노예가 되려느냐.

조그만 사업체에서의 사장도 제 사업체에
선 왕으로 군림하지 않는가. 큰 사업체의
사장은 더 힘이 있어 뽐내고, 작은 나라의
대통령도 최고이고, 큰 나라의 대통령은 무
소불위 말할 나위도 없지 않는가. 누구나
최고이길 바라지 않는가. 모든 생명이 최고
이니라. 바로 변형된 사본으로서의 생명이
니 누굴 섬기겠느냐. 옛날엔 태양을 신으로
믿은 나라가 있지 않는가. 그 나라가 더 과
학적이다. 큰 종교에선 우습게 보지 않는
가. 비과학적이고 미개하다고. 그러나 돌
도 물도 공기도 모두 사본이며 나름대로의
생명이 있다. 변형된 사본은 다 생명이 있
어 몸과 마음이 있느니라. 언젠가는 다 본
모습 참모습 사본으로 돌아가네.

무자: 오늘 저를 깨우쳐 주시어 대단히 감사합니
　　　다. 내일 또 뵙게 되기를 바랍니다.

유자: 사본으로 돌아가기 전까진 항상 너와 있
　　　으리라.

무자: 훗날 사본으로 영원한 동지로 남겠나이다.

유자 : 허허.
무자 : 하하.

1-2

시자 : 깨달음이란 무엇이오니까.

종자 : 배가 고프다는 걸 느끼는 게 깨달음이니라.

시자 : 인간이란 무엇이오니까.

종자 : 사본이니라.

시자 : 우주란 무엇이오니까.

종자 : 사본이니라.

시자 : 삶이란 무엇이오니까.

종자 : 변현된 사본이니라. 몸과 마음이 구속으로의 기쁨이니라.

시자 : 죽음이란 무엇이오니까.

종자 : 바로 사본이니라. 완전 해방의 자유이니라.

시자 : 우주의 크기는 어떻게 되오니까.

종자 : 우주 밖도 사본이고 우주 안도 사본인데

어찌 크기가 있으랴.
시자: 사본은 언제 시작되었고, 언제 끝이 나오
　　　니까.
종자: 사본은 시작도 없고 끝도 없노라.
시자: 죽고 나면 다 사본이라고. 나쁜 일을 저지
　　　르는 사람들에겐 어찌 하오리까.
종자: 법으로 다스려지지 않느냐. 또한 옛날 표
　　　현으로 지옥으로 가지 않는가.
시자: 지옥 말씀하나이까.
종자: 허허. 그러하네. 살아서 지옥이지 않는가.
　　　죄지은 마음보다 더한 지옥이 어디 있으며,
　　　그 마음은 유전으로 이어지기 마련일세.
시자: 자식이 없는 죄인은요.
종자: 스스로 지옥이지 않는가.
시자: 도를 닦으려면 결혼을 하지 말아야 합니까.
종자: 그렇네. 남을 자신처럼 대하려면 그게 가
　　　장 나은 방법이지. 그렇지만 강요하진 않
　　　네. 결혼은 하더라도 자식은 낳지 말게.
시자: 결혼하면 배우자를 더 아끼지 않겠소이까.
종자: 배우자와 사랑을 나눌 때 더욱 더 사본임

을 믿을 수가 있네. 영원한 안식으로의…
그렇다고 권장하진 않네.

시자 : 아이는…

종자 : 낳지 않는 게 좋다고 보네.

시자 : 만일 낳게 되면…

종자 : 그러면 고행의 수련이 시작되지 않겠는가. 제 아이를 남 아이와 동일시해야 하니. 그 수련에 자신이 있으면 모를까. 그 노력을 사본을 전도하는데 더 힘쓰시게.

시자 : 옛날이야기로 어떤 스님이 암굴에서 오랜 세월 해탈하려 정진하는데 색욕에 흔들려 스스로 거세하였다고 합니다.

종자 : 허허. 어리석은 사람이지. 그게 그 스님의 기쁨의 방편인줄 모르나, 아픔의 기쁨, 어떤 노력도 불사한다는 기쁨, 그러나 이루지 못하였다는 슬픔에 빠졌다면 논외지.

시자 : 슬픔도 기쁨이지 않소이까.

종자 : 그렇긴 하네. 그렇지만 패배의식에 젖어있으면 기쁨이 아니지. 해탈, 너무 어려운 용어에 사로잡혀 있었네. 깨달음이라고 아주

거창한, 어떤 벼락과 번개 같은 게 있으리
란 선입견이 잘못이지. 그냥 수양하면서 자
연스레 깨달음을 얻어야지. 바둑 고수도 제
3의 눈이 뜨이는 게 아닐세. 노력하다보면
저절로 보여. 바둑판 위의 삶과 죽음, 곧 바
른 길을. 진리는 자연일세. 대 진리는 사본.

시자 : 자연스럽게 사는 게 풍수설이죠. 풍수설
　　　자체를 따를 필요도 없고, 무시할 필요도
　　　없다는 거죠.

종자 : 몸과 마음은 스스로 치유력과 예지력이 있
　　　으니, 마음이 잘 흐르고 몸이 잘 따르도록
　　　하시게.

시자 : 과연 명당의 효험이 사실인가요.

종자 : 명당 자체의 효험은 없어. 생각해 보게. 이
　　　나라가 얼마나 잘 사는가. 명당 찾지 않고
　　　제사지내지 않고도 잘 사는 나라가 많지
　　　않는가. 명당을 찾는 후손의 정성에서 좋
　　　은 일이 일어나네. 명당을 찾는 마음과 돈
　　　의 여유가 있으니, 좋은 일이 왜 일어나지
　　　않겠는가. 나쁜 방법으로 명당을 차지해봐

야 더 나쁜 결과만 낳네.

시자 : 인간의 역사처럼 인간의 미래는 모두 환경
에 지배되겠죠.

종자 : 그렇네. 모두 환경이네. 어떤 운명과 숙명
을 느끼는 것도 환경에 의함이니 당연하지
않겠는가. 병원에서 수술을 앞두고도 그런
데, 아주 절박한 일이 닥치면 누구나 어디
든지 매달리게 되지. 그 순간만 어찌 모면
해 보려고. 하나님, 부처님. 상황이 그러한
데 최선으로 최대로 빌지 않겠는가. 물론
결과도 훨씬 낫네. 먼저 최악의 상태도 그
려보고, 그냥 비는 게 아니라 아주 매달리
다시피 노력하잖나. 그리곤 나아지면 빌었
던 대상을 더 우러러 보지. 더러는 잊기도
하지만. 그러나 우리는 깨우친 자리에 놓여
있는 사람일세. 짐승도 아니고 원시인도 아
닐세. 자신을 믿고, 더 열심히 구하게. 찾는
것을 부르고 싶으면 사본이 있지 않는가.

시자 : 사본, 사본, 사본.

종자 : 그렇네. 요가란 육체의 움직임으로 몸과

마음을 다스리지 않는가. 앞으로 마음의 요가를 하시게. 누구나 쉽게 할 수 있어. 자기 전에 누워서 5분, 아침에 일어나기 전에 3분간만 해도 되지. 수시로 틈만 나면, 앉아서 해도 돼. 난 차타고 가면서도 반성하네. 차도 사본이고 나도 사본이고 지나가는 환경도 사본이니, 천천히 밝게 나아가자며. 침대에선 얼마나 좋은가. 상상해 보시게. 해가 떠오르는 해변을 달리기도, 맑은 공기가 감도는 숲 속을 거닐기도 하면서. 그러나 무리는 하지 말게. 눈 덮인 들판에서 발가벗진 말게. 감기 걸려. 맨발로 뛰더라도 오랜 못해. 동상 걸려. 허허. 이 마음요가로 몸과 마음을 새롭게 할 수 있어. 항시 깨끗하고 밝으니 그 얼마나 좋은가. 바로 기쁨이지 않는가.

시자: 예. 생명, 우리가 사본임을 알고 돌아가는 길. 기쁨의 흐름이라, 마음을 비워라.

종자: 원래 마음은 비어있어. 욕심으로 채워지니 마음이 더럽혀지네. 그러니 욕심을 버려야

지, 무슨 마음을 비워. 그게 더 집착일세.
술, 담배를 끊으려고 안달하지 말고, 그냥
잠시 중지해. 그러다보면 몇 년씩 이어져.
금지는 집착이지만 중지는 자연이야. 사
본, 너 마음은 비워있어. 무엇이든 가능해.

시자 : 예.

종자 : 느낌의 선택도 다 마음에 달렸네. 슬픔, 분
노, 희열, 후회 등. 그러나 항시 기쁨을 선
택하라. 아픔도 기쁨이고 슬픔도 기쁨이
고, 사본으로 모든 게 기쁨이니라. 어떤 이
는 기쁨을 거부하기도 한다네. 그는 비존
재인이다. 그에게 동행을 요구하지 말게.
어느 선교단체에서 개나 소에게 천국가자
며 교회나 절에 오라고 하더냐. 그러나 짐
승보다 못한 사람도 있느니라. 일종의 사
업을 위해서 무리를 이루는 건 오히려 맑
은 영혼을 오염시켜. 진정한 선교는 사업
이 아니다. 그냥 복음을 전하는 것이다.

시자 : 예. 목사님이나 스님들께서도 깨달음은 같
지만, 선도하는 방법은 아직 전통을 따르는

군요. 그게 우중을 위한 길이라며, 한편 참
진리를 은폐하기도.

종자 : 그렇네.

시자 : 더러는 사업을 번창시키려고 더 현혹시키
기도. 특히 똑똑한 사람들 중에서도.

종자 : 아주 똑똑한 사람이 있다. 컴퓨터 용량이
최고라 보자. 그러나 컴퓨터가 스스로 창
조하지 못하듯이. 그런 사람은 색깔을 많
이 아는 사람이다. 보통 십여 가지만 알아
도 되는 색깔을 천 가지 이상으로 분류하
는 전문가겠지. 아, 이 색은 753번입니다.
하더라도 우리는 옅은 파랑이라는 구분으
로도 충분하다. 색깔을 많이 안다고 훌륭
한 화가는 아니다. 학문이 지고하다고 선
지자는 아니다.

시자 : 선지자는 그의 앎을 보편화하는 것이지,
세분화하는 건 아니죠.

종자 : 그렇네. 우리도 사부님께 동참하여 그의
뜻을 펼쳐드리는데 일조하자꾸나.

시자 : 예. 과한 게 부족한 것 보다 못하다 합니

다. 과신은 형이상학적으로, 맹신은 형이
하학적으로 오류를 범합니다. 신체와 정신
에…

종자 : 이제 스스로의 왕이 되어라. 허상의 신하
가 되지 말고. 스스로 만든 수수깡 인형을
왕으로 모시는 어리석음을 그만 두고.

시자 : 예. 프로 선수도 그만 쉬고 싶으면 은퇴
하듯이, 프로 생활자인 중생도 그만 쉬고
싶으면 자살을 하는 것도 일종의 자연사
군요. 왕으로의 귀환인가요.

종자 : 이대로 왕이네. 자신을 믿어라. 또한 인연
도 믿지 말고, 차라리 최신의 통계를 믿어
라. 인연에 연연하지 마라. 오고감이 다 왕
이니라. 사본으로 다 기쁨의 왕이노라. 죽
음도 기쁨, 늙음도 기쁨, 병도 기쁨, 잃음도
기쁨, 다 사본으로의 환원이노라. 들어라.
한도 기쁨이니라.

시자 : 예, 진리는 간단합니다. 선은 선이고 악은
악입니다. 싯달타도 예수도 다 맞습니다.
다 인류를 위한 것이니.

종자 : 맞네. 그러나 선이든 악이든 다 사람의 기
준에 의한 거네. 사본의 기준으로, 실제 기
준도 없지만, 아무 것도 없으며, 없는 게 다
있는 것이네.
시자 : 과연 그렇습니다. 스스로 왕이 되겠으며,
왕으로 귀환하겠나이다.

1-3

무자 : 신은 무엇이오니까.

유자 : 사본이니라.

무자 : 별의 역사는 언제 시작되었고, 언제 끝이
　　　 나오니까.

유자 : 끝에서 시작되었고 시작에서 끝나니라.

무자 : 사본의 역사는…

유자 : 시작도 없고 끝도 없느니라. 네가 있어 빛
　　　 이 난다.

무자 : 이 미물의 존재에 그런 영광이…

유자 : 시간도 없고 공간도 없노라. 네가 있어 자
　　　 리가 있다.

무자 : 이 미약한 하루살이에 그런 명예가…

유자 : 사본은 모든 게 없으므로 존재한다. 존재

자체의 의미도 없지. 다 죽음자체인 사본
이니라, 종국에는.

무자 : 별의 탄생은 우연인가요.

유자 : 네가 있어 필연이지만, 우연과 필연도 자
연의 딸들이야. 자연은 사본의 딸이지. 정
의미를 부여해서, 태양은 사본의 아들이
지. 사람은 태양의 아들이고, 생물, 무생물
통 털어 지구 전체가 말이다. 지금 있는 그
대로 모두가 형제인데, 무슨 투쟁에 명분
이 있겠는가. 단지 생명 연장책 외로 불경
에서의 살생금지도 이런 이유에서지.

무자 : 성경에서도 비유하길 티끌에서 태어나 티
끌로 돌아간다고. 그게 바로 사본을 인정
하는 핵심이군요.

유자 : 사본을 알고 나면, 모든 사물에 대해 보는
시각과 판단이 달라져 만사가 순조롭네.
모든 답이 예 있노라.

무자 : 예. 충실한 사본으로 덤으로 얻은 짧은 인
간의 삶에 기쁨의 충만으로 보내야 하겠군
요. 바로 아픔의 기쁨이며 바로 슬픔의 기

뿐입니다.

유자: 모든 고난에서 벗어날 수 있는 유일한 길
이 사본이네. 모든 불행마저 수용할 수 있
네. 사본으로. 절대라곤 사본밖에 없네. 사
본은 변화도 없다. 단지 극히 짧은 순간의
숨만 지나갈 뿐. 아무 것도 따질 것 없네.

무자: 에너지가 충실하여 일으킨 별의 탄생도 부
스럼이라니, 부스럼의 숨이군요.

유자: 그렇게 말할 수 있지만 다 존재하지 않네.
무존재의 존재일세. 사본뿐이니. 하나로선
존재가 되지 않네. 비교가 되지 않으므로.
그래서 해석이 곤란한 모든 문제까지 수용
해 버리네. 사본으로. 있는 걸로 있지 않고
없는 걸로 없지 않네. 우주의 끝이든, 바깥
이든 다 사본이다. 정신병자나 정신미숙자
들이 더러 부분적으로 옳은 말을 하네. 순
수한 영혼의 발로라 하겠지. 그 중에 하나
는 맑게 웃으며 말한다. 이 세상 모두가 환
영이다. 너와 나 재들도 환영이다. 논리적
이진 못하니 설명은 덧붙일 순 없지.

무자：우주의 발생도 환영의 창조로 봅니다.

유자：언어로써 정형화하지 말게. 우리는 우리가 있는 지금이 가장 중요하네. 맥으로의 진리인 사본임을 알면, 과거 미래 현재 시간에 지배되지 않네. 삶의 짐을 지었다고 생각하면 그 자체가 지옥이지만, 삶에서 해방된 사본이라면 공간에서도 지배되지 않으니, 오직 충만한 기쁨뿐일세. 바로 고요한 안식 말일세.

무자：사본으로 이루는 대자유, 대평화이군요. 사랑은 기쁨의 과정으로.

유자：그렇네. 살기 위한 투쟁도 기쁨이지. 패배도 기쁨, 승리도 기쁨.

무자：사본이 죽음의 평화로 보기보단, 바로 삶의 평화이군요.

유자：그렇네. 사본을 알면 이미 죽음을 이해하고 수용되니, 삶 자체도 자유의 기쁨이지. 구속될게 없으니. 죽음도, 삶도.

무자：사부님, 정말 고맙소이다. 지금 기쁩니다.

유자：허허허. 옛날에 불 구하듯이 살 필요는 없

네. 요즘은 성냥과 라이터가 있지 않는가. 전화나 텔레비전이나 자동차 없이 살 수는 있다. 그런데 필요한데도 일부러 피할 우를 범하든지, 고집을 부리겠느냐. 최신의 의료기술에서도 혜택을 받아야지. 그냥 봉합만 한다던지 외면할 이유는 없지 않는가. 그게 전통고수라면 할 말이 없지만 인내완 다르다. 사람은 첫째 참기 때문에 동물과 구분된다. 아무데서나 발가벗고 오줌 누지 않으니. 근본적으로 구분되는 건 스스로 사본임을 아는 것이다. 늙어갈 수록 더 사본의 진가를 알게 된다. 옛날 손으로 싸웠고, 훗날 눈으로 싸울 테니. 답습하는 의식에 좇을 필요가 없는 이유가 여기에 있다. 이 사본이 인류 최고의 보물일세.

무자: 예, 가장 높고 마지막 깨달음입니다.

유자: 다른 은하의 별에선 오래 전에 알았고 오래 전에 돌아갔겠지. 어떤 은하의 별에선 오랜 후에 알며 오랜 후에 돌아가겠지. 전체적으로 보면 그 은하들의 별도 있지 않

고, 단지 있는 건 사본일세.

무자: 이제 인도의 간디도 이해가 되네요. 무저
　　　항 정신과 유관순 누나의 만세 행진을요.
　　　폭력은 폭력을 부르고, 평화는 평화로 얻
　　　는 거군요.

유자: 사본을 알면 숭고한 삶을 마치네. 악인이
　　　많을 듯하지만 오히려 선인이 많을 걸세.
　　　환경이 선악을 좌우하나, 사람들이 환경을
　　　좌우하기도 하지.

무자: 이제는 정말 우려하지 않아도 되겠군요.
　　　통신수단이 엄청나게 발전되어 누구나 공
　　　유할 수 있으니까.

유자: 누구도 외롭지 않으리라.

무자: 빈약한 단군신화도 화려한 신화보다 결코
　　　못하지 않습니다.

유자: 허허.

무자: 많은 신화에서 시작의 삶을 위하여 죽음의
　　　화신으로 뱀을 다루었지만, 앞으로는 시작
　　　의 죽음을 위하여 게를 다루겠습니다.

유자: 사본은 사본이니라.

무자 : 하나님께 공양주님 등에게 감사 기도드리
　　　고 식사하듯, 사본에 감사 기도드립니다.
　　　우리의 형제를 위하여, 훗날 구분 없는 사
　　　본의 동지로.
유자 : 끝없는 끝이고 시작 없는 시작이니라.

1-4

종자: 자네가 보고 있는 그 나무도 자네를 알고
　　　있네. 그 자리에 있는 이유가 자네 때문은
　　　아닐세.

시자: 이 나무도 사본을 아는군요.

종자: 물론이네. 자네 머리에 떨어지는 빗방울도
　　　자네를 알고 있네. 떨어지는 이유가 자네
　　　때문은 아닐세.

시자: 모든 인연은 다 사본이군요.

종자: 그렇네. 먼 오지까지 밀려서 살다가 어느
　　　한 순간 사람도 아닌 한 나뭇잎에 모든 인
　　　연이 필연과 숙명으로 다가서더라도 그건
　　　단지 사본으로써 귀가를 느끼는 걸세.

시자: 사본을 알고 나서 생각하면, 모든 곳이

희망의 동산이네요. 죽음을 극복하여 어
떤 공포도 없으며.

종자：바로 맞추었네. 그리고 사람이 사람 구실
한다는 게 쉽지가 않네. 그냥 자연스럽게
살면 되지만, 복잡한 세상인 현대에선 수
시로 반성하며 수련하며 깨달아야 되네.
한가로운 옛날에는 명상이나 고행의 여행
을 할 수 있어, 크고 작은 깨달음을 반복할
수 있었네.

시자：예. 개도 제 기분 좋으면 짖지 않는데, 기
분 좋으면 모든 인간이 사본에 취한 듯이
너그럽죠. 기분 나쁠 때 취하는 행동을 보
면 그들의 그릇을 알 수 있죠. 사람마다 키
가 다르듯 그릇도 다르니, 내버려두어야
하나요.

종자：내버려둬. 이미 사본을 설명하였는데도 거
부하거든. 왈가왈부 하지 말게. 다 옳은 일
이야. 다 자연스레 사본으로 돌아가니.

시자：사본을 아는 사람으로 다 인간성을 유지
하겠죠.

종자: 스스로 유지되네. 다툼이 필요하지 않으니. 그들이 옳다면 인정해. 사본을 매도해도 인정해. 인정만 하면 그만일세. 언젠가는 그들도 깨닫고, 돌아와서 자네에게 고개를 숙일 걸세. 그때도 같이 숙이게. 더 뛰어난 사본은 없어. 모두 똑같네. 단지 깨달음의 시기와 정리의 능력은 다르지.

시자: 예. 정리를 정의하여 주십시오.

종자: 한마디로는 불가하여 천천히 보여주겠네. 세상에서 제일 잘난 사람도 똥을 싸고, 그 똥도 그 사람도 다 사본이네. 못된 인간도 똥을 싸네.

시자: 똥이 먼저일 수도 있겠습니다.

종자: 허허, 근처에 다다랐네. 허나 앞지르진 말게. 중생은 더 헤매네. 일반적으로 똥 싸기 전엔 뭘 먹어야하네.

시자: 예. 심호흡을 하겠습니다. 천천히 1, 2, 3, 4에 들이마시고 5, 6, 7, 8에 중지하여 9, 10, 11, 12에 내쉬겠습니다. 명상 호흡, 선 호흡 다 비슷하죠.

종자: 어떤 건강법이든 자신에게 맞는 걸로 하시
　　게. 규격이나 규정에 얽매이지 말게. 권한
　　다면 자연 호흡이네. 아기처럼 들이마시면
　　배가 볼록하고, 내쉬면 배가 들어가지. 중
　　요한 것은 5, 6, 7, 8에 들어온 숨으로 체내
　　를 순환시켜 탁한 기운을 모조리 내뱉게.
　　땅보다 하늘이 보다 더 사본에 가까우니,
　　하늘의 맑은 기운을 들이마시고.

시자: 기쁨의 호흡이군요. 기쁨이 약이고, 슬픔
　　이 병이죠.

종자: 사본의 정리를 터득하면 약이 필요하지가
　　않네. 바쁜 나날에 할애할 시간이 없으면 수
　　시로 반성하게. 반성이 곧 젊음일세. 사본
　　으로의 해방 전엔 반성 없을 나날이 없네.

시자: 기쁨의 반성이군요. 반성의 기쁨이기도 하
　　고요.

종자: 그렇네. 겸손의 미소네. 교만할 사본은 없
　　네. 교만은 철부지고, 겸손은 여유네. 사본
　　으로 모든 게 여유롭네.

1-5

무자 : 깨달음에 빨리 도달하는 길은 없을까요.

유자 : 왕도는 없다네. 도움의 길은 가능하겠지. 초점 없는 시야로 어떤 모양에 접근하면 딱 한 지점에서 입체그림을 보지 않는가.

무자 : 예.

유자 : 바로 그거네. 무의식의 의식과 의식의 무의식이 어느 한 순간 교차하여 깨닫네. 약한 사람은 자신이 기체화하여 타원형으로 회전하며 이루 형용할 수 없는 희열 자체가 되네. 강한 사람은 그냥 깨닫지. 시력이 꾸준히 연마되어 있듯, 심력도 꾸준히 연마하세.

무자 : 생각하지 않는 생각과 생각하는 생각하지

않음에서의 한 순간의 한 교차점에서 깨닫는다. 저절로 사본을.

유자 : 그렇네. 생각하는 마음과 생각하지 않는 마음. 간단히 마음을 닦으세. 누구나 걸음마 시절 지나야만 제대로 걷는다. 어른이 되었다고 아무나 자동차나 말을 타지 못한다. 오랜 숙련기간이 필요하듯이. 사람들 대부분 마음 닦기 시절을 거쳐야 한다. 스님이나 수도자에겐 유리하네. 그러나 이제부터는 누구에게나 보다 빨라졌지.

무자 : 예. 사본을 드러내어 주셨으니. 그걸로서 끝이군요.

유자 : 시작일세.

무자 : 스승으로 시작이군요.

유자 : 스승으로도 시작이고, 제자로써도 시작일세.

1-6

종자: 뿌리 깊은 나무는 바로 주름살 많은 노인네와 같다. 주름살 적은 노인네가 있듯, 큰 나무라도 토양이 좋은 곳에는 뿌리를 깊이 내리지 않는다. 그러므로 뿌리에 집착하지 마라. 뿌리가 곧 집착이니라. 사본은 공기보다 가볍네. 형태에도 집착하지 마라. 자네가 무엇이든 무엇에 매달려 있지 마라. 형태도 집착이니라. 사본은 자유자재라 형태도 없느니라.

시자: 어떤 신분이라도 다 같은 사본이군요.

종자: 그러니 차별이 없느니라. 생물과 무생물도 같은데, 이마저 인간의 분류고 돌의 입장에서 보면 가벼움과 무거움, 바람의 입장

에선 막힘과 통함의 구분일 텐데, 무슨 인
종차별이 있으며 지역차별이 있겠느냐. 어
떤 조건의 육체를 가졌더라도 마음은 똑같
고, 다 사본이니라.

시자:사본(死本)이라니, 죽음 운운하며 험악하게
생각들 하나이다.

종자:허허. 사본보다 부드러운 게 그 어디 있다
더냐. 또한 누구 죽지 않은 조상을 둔 사람
이 어디 있느냐. 그런데 죽은 조상님이나
연인이 험악 하느냐. 죽음이란 가장 아름
다운 일이니 두려워마라. 누구에게나 가장
친근한 일이니라. 그들의 삶보다도 그들의
죽음이 더. 그리고 죽음은 남의 것도 아니
고 자신의 것이네. 삶보다 더 고귀하네.

시자:사본으로 같지만, 사본을 알면 보다 나은
죽음을 위해 보다 나은 삶을 택해야 하는
군요.

종자:그렇네.

시자:무자식이 상팔자란 옛날 말씀이 틀리진
않군요.

종자 : 허허. 그러나 무자식을 한탄한다면 가장 나
    쁜 팔자로 봐야지, 팔자에 집착하는 만큼.
시자 : 생명의 연장선으로 자식에 집착하는 것도
    사본을 몰라서 그렇군요.
종자 : 사본을 알면 모든 문제가 풀리지. 무자식
    이면, 우주 전체가 자식이며 고통 없는 해
    산이며, 죽음 없는 영원이지. 자식의 불행
    은, 사본의 귀환으로 관조하시게.
시자 : 예. 어쩔 수 없는 합리화든 아니든 어떻든
    부모의 고통도 너그럽게 펼 수 있는 길이
    사본이네요. 자식이 죽으면 가슴에 묻는다
    는데, 이젠 사본에 묻으면 되겠군요. 장애
    아도 사본에 담으면 되겠군요.
종자 : 바로 빛이네. 빛 자체도 사본에 담기지만,
    그리고 누굴 미워하면 자신의 정기만 소모
    되니 그냥 마음에 담지 말게. 추억으로 달
    콤하면 그냥 두고, 상종하기도 싫고 생각
    하여 치가 떨린다면 마음에서 버리게나.
    그는 존재가치가 없으니 스스로 존재를 부
    정하시게.

시자: 예. 스스로 절대자 사본이니까요. 자신의
잘못도 스스로 지우리다.

종자: 먼저 자식에게도 사본을 가르치게. 제일
먼저 배우고 제일 마지막 행하는 게 사본
이니라. 스스로 모두 고통에서 헤어날 수
있네. 누구나 꿈을 꿀 권리와 행할 의무가
있네. 행이 어렵다고 포기하면 그것도 관
조로 치부하게. 사본은 말썽이 없네.

시자: 예. 명심하겠습니다. 수시로 까먹고 평정
심을 잃더라도 그러는 자신을 알면 시작이
아닐까요.

종자: 그렇네. 절망은 없네. 사본으로 절망이 태
어나지 않네. 인간으로의 탄생이 그 얼마
나 행운의 기적인가. 우리의 존재는 모두
기적이네. 기적. 기적의 아들로서 부끄러
운 행동은 하지 말게. 이렇게 의식할 수 있
으니 죽음을 서두를 이유가 뭐 있느냐. 이
런 고통, 이런 고뇌도 살아있는 기쁨의 한
표상일 뿐이네. 느낌은 잠시, 추억은 일생
이네.

시자 : 모두 사본을 알고 사본으로 돌아가면, 행운
　　　의 기적을 행복한 기적으로 마무리하네요.
종자 : 그렇네. 세속적인 처세법을 일러주지. 자
　　　연의 환경을 못 바꾸면 스스로 환경을 바
　　　꾸시게. 불가능하면 자리를 옮기게. 죽기
　　　전까진 이전의 자유와 새로운 기쁨을 누릴
　　　수 있네. 움직이지 못할 때까진 얼마든지
　　　가능한 운명의 조종이네. 스스로의.
시자 : 지체부자유자도 마음으로 얼마든지 바꿀
　　　수 있겠군요. 스스로 조절하고 관조하며.
종자 : 허허. 그 한마디에 모두 함축되어 있네. 그
　　　도 기적의 아들이며 오히려 더 풍부한 기
　　　적의 아들이네. 몸의 제약으로 마음은 더
　　　넓으니. 사본의 입문에 진정으로 환영받으
　　　며 행복의 열쇠를 마음에 품고 있지. 허상
　　　에 매달리지 않고.
시자 : 예. 상실의 아픔에서 기쁨을 건져내는 건,
　　　획득의 기쁨에서 아픔을 찾아내는 거랑 진
　　　배없군요. 어느 경우든 감사하는 마음도
　　　더불어.

종자: 자네도 나의 스승일세.

시자: 부끄럽소이다.

종자: 허허. 아직 멀었군. 허상의 끈을 아직 놓지
　　　못하네.

시자: 누가 차에 누구를 태우는데, 타는 사람도
　　　태우는 사람도 허상인가요.

종자: 차도 달림도 허상이 아닐세. 허상 자체가
　　　함정의 함정일세.

시자: 제 죽음에 기뻐할 수 있도록 정진하겠습
　　　니다.

종자: 남의 나라를 위하여 제 나라를 배신한다면
　　　국민의 자격이 없듯이, 남을 위하여 가족
　　　을 배신하면 구성원의 자격이 없네. 남을
　　　위하여 자신을 희생하는 것은 사본의 바탕
　　　이네. 자기만족에 도취하지 않으려면 사본
　　　을 터득하여야만 진정한 희생이네. 허나
　　　자기 파괴를 위한 자기 배신은 가장 어리
　　　석음의 표본이네.

시자: 예. 개똥도 약으로 쓰려면 안 보인다 그러
　　　죠. 누구를 미워한다면 버림인데, 버리는

건 언제든지 버릴 수 있으니, 유효기간이
완료될 때까지 기다리는 인내가 필요합니
다. 그러니 자신을 미워해도 버려선 안 돼
죠. 미워하는 이가 좋아지기도 하듯이.
종자 : 인내는 기다리더라도, 기다림은 기다리지
말게. 스스로 자신만 가득히 채우게. 그러
면 자신이 움직일 때가 오네. 항시 미소를
잊지 말게. 미소는 되돌아온다네. 잊지 않
고, 감동의 음악처럼. 설혹 죽음이라도 마
지막은 아닐세. 꿈에서 깨어나 사본으로
이어지니.
시자 : 언젠가는 어느 날 세수를 하지 않는 제자
신이 기쁨으로 되어있겠죠.
종자 : 허허. 가깝네.
시자 : 그 가까움도 허상이죠, 음악처럼. 밤이 왔
으니 세수를 하겠군요.
종자 : 허허. 다다랐네. 이제 시작하시게.

1-7

유자 : 나비 다리 하나가 우주보다 크네.

무자 : 사본이니까요.

유자 : 금밭에 뒹굴던 똥밭에 뒹굴던 삶은 똑같네.

무자 : 사본이니까요. 단지 차이는 사본을 아는
거와 모르는 겁니다.

유자 : 팔자소관이라 타고난다며 변명할게 아닐
세. 일종의 유전처럼 웃대의 행적이 드러
나는 게 팔자네.

무자 : 팔자도 환경에 좌우되니, 환경을 바꾸는
게 곧 팔자를 고치군요. 좋은 배우자를 만
나 결혼할 때처럼. 허허.

유자 : 마음에서 모든 욕심을 버려라. 미움도 욕
심이니라. 자존심에서 기인하는 욕심이니

라. 컴퓨터처럼, 무엇이 나쁘면 악당 등록
을 해서 머리에 저장하지 마음에 두지 말
게. 무조건 잊는 게 능사는 아닐세. 같은 실
수를 반복하는 하급자에게서 탈피하려면.

무자: 예. 남을 미워하여 마음을 더럽힐 수 없듯
이, 흔들리는 마음을 잡겠나이다. 조그만
호수엔 조그만 돌멩이도 큰 파문이 일지
만, 큰 호수엔 큰 바위도 별 영향이 없으니
까요.

유자: 단지 그 시간 그 지점만 반응하지만 곧 흔
적도 없어지느니라.

무자: 예. 모든 번뇌에서 벗어날 수 있는 유일한
길이 사본이라 마음에 더 새겨지는군요.
진리 사본을 알았으니, 마음 키우기로 해
탈과 열반에 들겠나이다.

유자: 마음은 허상을 담으려는 상이니라. 일반적
으로 마음을 그릇이라 하네. 큰 그릇은 그
릇 자체가 없네.

무자: 예. 오늘부터 우주를 담을 만큼 마음을 키
우도록 하겠나이다.

유자 : 모든 생물은 죽음으로, 모든 물질은 분해
되어 해탈과 열반에 드느니라. 해탈과 열
반이 곧 사본이니라.

무자 : 사부님의 장례는 어찌 하오리까.

유자 : 화장하여 뿌리거나. 기억을 마음에 담아주
면 고맙겠구려.

무자 : 예. 사본이 죽음에 대한 위안이죠.

유자 : 죽음이 뭐가 두려우냐. 매장하려는 풍습도
혹시나 살아있을까 마지막 후까지 미련을
버리지 못함이라. 가사 상태가 아닌 이상
이미 죽음의 판정이라면 그렇게 화장되는
게 마땅하지 않겠느냐. 상황도 바로 환경
이니라. 운명이라 불리는 흐름이지. 허나
죽음을 스스로 재촉할 이유는 없네. 딱 한
번의 외출을 허망하게 보낼 순 없지 않느
냐. 여러 번일 수도 있지만 지금의 이 의식
으로의 외출은 딱 한 번이네.

무자 : 정신없이 살아가는 사람들을 보면 모두 정
신병자 같습니다. 단지 정도의 크기와 지
속되는 시간만 다르고요.

유자 : 그렇네. 바퀴의 창조가 정신병의 발생이
네. 바퀴의 혜택을 보면 예외 없이 돈다네.
그 광기도 이젠 성격의 일부분이라 전화위
복으로 만드는 사람도 있네.
무자 : 한군데 미치면 뭔가 이루기도 하죠.
유자 : 쉬지 않고 바퀴처럼 마음을 돌려야 발병하
지 않네. 항시 긍정의 사고라면 감정은 이
성의 미소일 뿐이네. 자전거가 쓰러지지
않으려면 달려야 하듯이, 같은 순환의 맥
락일세. 마음도 뇌의 한 부분일세.
무자 : 하등 생물의 마음도 뇌에 있사오리까.
유자 : 뇌가 있는 동물은 그렇지만, 뇌가 없으면
그 자체에 흩어져 있는 걸세.
무자 : 바위도 그렇군요.
유자 : 존재 자체가 마음일세. 고등 동물은 많은
조직으로 몸이 이루어져 있지 않는가. 최고
생물은 뇌와 마음도 분리되어 있지만, 실제
는 움직이지도 않네.
무자 : 자유 자재로운 바로 사본이군요.
유자 : 이기도 하고 아니기도 하네. 뇌파와 심파

는 작동한다네.

무자 : 마음으로 동작을 대신하는가요.

유자 : 교류도 보이지 않고 들리지 않으나 그들에
겐 보이고 들린다네.

무자 : 모양 없는 모양, 움직임 없는 움직임, 삶 없
는 삶인가요.

유자 : 죽음 없는 죽음이기도 하네. 여하튼 사본
임에는 분명하나 변형의 끝은 없네. 변하
지 않고도 변하니. 그러니 시작 없는 시작
으로 이어짐이 없는 이어짐일 뿐일세.

무자 : 끝없는 끝이군요.

유자 : 허허. 오늘은 이만 쉬도록 하세.

무자 : 소생 어지럽나이다.

시자 : 일전에 그러셨죠. 죽음도 타이밍이라고.

종자 : 그렇네. 시간이 없어지길 바라네, 사랑할
때처럼. 공간이 없어지기를 바라기도 하네,
그리움으로. 허나 시간과 공간은 함께 있
네. 시간이 곧 공간이며 공간이 곧 시간이
네. 시간이 없으면 공간도 없고, 공간이 없

으면 시간도 없네. 무존재가 존재하겠느냐.

시자 : 무존재란 무엇이오니까.

종자 : 바로 시간 없는 공간이며, 공간 없는 시
간이네.

시자 : 없음이 무존재 아니오니까.

종자 : 자네가 말하는 없음이란 무소유, 부지각
그리고 부족분이지 무존재는 아닐세.

시자 : 그러면 존재 자체가 무존재 아니온지.

종자 : 그러면 무존재가 존재 자체인가. 그걸 자
네가 알기에는 아직 멀었네. 이제 서서히
느낄 뿐이지.

시자 : 예. 이제 인지하는 시간과 인정하는 시간
의 흐름이 보입니다. 아직 더디나.

종자 : 그러면 됐네. 첫짼 느껴야 하니.

시자 : 사탕이 달다는 느낌은 금방이나 사탕이 이
에 해롭다는 건 조금 걸리죠. 모든 일이 이
와 유사한 것 같애요.

종자 : 아직 애들이라서 그래요. 이러는 나도 아
직 애라오.

시자 : 사부님. 명심하겠습니다. 이 명심도 수시

　　로 변하여 제 자신이 미처 못 알아봅니다.

종자 : 당연하네. 수시로 변하는 자신을 깨닫지
　　　 못하니. 부자가 됐다, 거지가 됐다, 교수가
　　　 됐다, 바보가 됐다, 하루에도 수천 번 바뀌
　　　 지. 허나 인지하지 못하는 걸 인지하는 것
　　　 은 한 단계 전진이고, 인정하지 못하는 걸
　　　 인정하는 것은 두 단계 전진일세.

시자 : 번번이 후회만 할 순 없습니다.

종자 : 후회의 즐거움을 누리세.

시자 : 예. 충만의 슬픔도 한 기쁨입니다.

종자 : 사본은 즐거운 기쁨이니라.

시자 : 잊혀지지 않는 망각이죠.

종자 : 없음으로의 있음은 시간으로 존재하고, 있
　　　 음으로의 없음은 공간으로 존재하네.

시자 : 허망함도 무상함도 없으며 그냥 기쁨이죠.

종자 : 과거는 이미 지나갔으므로 존재하지 않고,
　　　 미래는 아직 오지 않았으니 존재하지 않
　　　 고, 현재는 곧 과거로 돌아갈 준과거라 존
　　　 재하지 않느니라. 가까운 미래인 곧 현재
　　　 로 다가올 준미래도 쉬이 과거로 돌아갈

것이니 존재하지 않느니라. 통 털어 존재
는 없느니라. 허나 미래 후에 과거 있고, 과
거 전에 미래있느니라.

시자 : 존재는 없으나 사본은 있는군요.

종자 : 공간을 점령하고 있는 개체들의 존재도 한
시적이므로 존재하지 않느니라. 모두 움직
이며 없어지느니라. 따라서 공간을 점유한
존재도 존재하지 않느니라. 단지 사본은
처음 전에도 끝 후에도 존재하느니라. 다
우리들이네.

시자 : 사본으로 존재하며, 존재를 찾으려면 벌써
없다는 말씀이군요.

종자 : 그렇네. 그냥 있는 것이네.

시자 : 욕심으로 스스로의 존재를 지우는군요.

종자 : 이 세상에 사랑보다 쉬운 게 어디 있느냐.

시자 : 가장 어렵다는 사람들도 많아요.

종자 : 그게 다 욕심에서 연유하느니라. 사랑하면
사랑으로 그쳐야지, 뭘 돌려받으려면 사랑
이 아니니라. 그래서 아픔과 눈물과 탄식
을 쏟아내느니라. 주었으면 받으려 하지

말게. 사랑을 빌려주기로 계약이 되었으면
돌려받겠지. 결혼처럼.

시자 : 사랑을 빌려 줄 순 없겠죠.

종자 : 그러니 사랑하면 그걸로 그만이야.

시자 : 사부님은 낚시터에 가시어 고기를 잡으면
　　　좋고, 못 잡으면 더 좋다 하셨는데 농담이
　　　셨죠.

종자 : 사랑하여 사랑받으면 좋고, 사랑 못 받으
　　　면, 허허.

시자 : 허허. 사랑받는 존재도 사랑하는 사람에
　　　의해 존재합니다.

종자 : 이제야 겨우 있는 자리를 깨달았네.

시자 : 시작이 끝이며, 끝이 시작입니다.

종자 : 허허허.

1-8

시자 : 사부님. 수십 년 동안 생각하여 왔건만 아
      직 생각을 전연 하지 않은 듯 합니다.
종자 : 바로 그게 큰 생각일세.
시자 : 사부님. 제사는 어떻게 하오리까.
종자 : 제사는 어른들을 위한 게 아니라 아이들을
      위한 것이니, 음식은 아이들을 위주로 하
      시게.
시자 : 절은 어찌 하오리까.
종자 : 어떻든 상관이 없네. 형식보단 마음이 더
      중요한 것이니까. 바로 선인을 기리는 것
      이니, 의식은 가볍게 치루고, 가신님을 서
      로 더듬어 찾아보며 자신들을 일신하시게.
시자 : 남의 제사에 감 놔라, 배 놔라 하지 않는다

는 속담도 거기에서 기인하는군요.

종자 : 떠난 사람들도 짐 없듯이, 남은 사람들도
　　　짐 없다네.

시자 : 사본이니까요. 모두 해방되어 있는 존재
　　　들이죠. 그러니 마음만 애타게 할 이유가
　　　없죠.

종자 : 마음만 애탄다. 정신의 편중으로 심장에
　　　피가 많이 몰리는 현상일세. 그래서 마음
　　　이 가슴에 있다고들 하네. 심장이 배에 있
　　　으면 마음이 배에 있다고들 하겠네.

시자 : 예. 이미 죽은 사람들보다도 산 사람들을
　　　우선하여야겠죠. 우리는 같이 숨을 쉬니
　　　까요.

종자 : 숨을 쉬니 기쁨을 누리고 한을 풀어야지.

시자 : 예. 열을 풀지 말고 다스리라 하셨죠. 화나
　　　한을 푸는 것은 다른 것으로 해소하지만
　　　궁극적으론 지워지지 않고 한시적으로 외
　　　면하다 저절로 잊어먹게요. 허나 다스리는
　　　건 정면으로 깨부수니까요. 냉철히 분석하
　　　면 별 것 아니죠. 삶보다 중요한 게 없으며,

사본보다 중요한 삶이 없으니까요.

종자：그렇네. 쉽게 가는 게 어렵네. 항시 평정심을 유지하여야하니. 흐르는 물에도 마음이 있네. 하지만 흘러가버린 물의 마음까지 수용할 수는 없네. 산도 물이요. 물도 산이요. 남은 사람도 떠난 사람이요. 떠난 사람도 남은 사람이요.

시자：통 털어 사본이라는 뜻인가요. 그래서 아픔은 없으며, 기쁨만 있사오리까.

종자：큰 생명은 우리가 알지만, 작은 생명은 보이지 않지만 그들의 세계가 있지 않는가. 그 작은 생명들의 오고감에 그 누가 알며, 애석해하며 기뻐하겠느냐.

시자：세상은 기쁨으로 충만하다는 사실이군요.

종자：생물, 무생물도 인간들의 판단기준일세. 사본으로 보면 모두 다 한 생명이네. 사본 하나 모든 하나가 다 생명으로 존재하고 있다네.

시자：한 죽음도 한 삶으로 존재하는군요.

종자：그렇네. 말한다든지, 본다든지 하는 게 아

닐세.

시자 : 가장 기초이며 가장 최고라는 느낌으로 모
　　　든 걸 포용하며 누리는군요.

종자 : 그 느낌도 우리의 느낌하곤 다르네.

시자 : 차원이 달라도 사본은 다르지 않죠.

종자 : 허허. 차원도 인간의 기준일세.

시자 : 결국은 사본 하나로 돌아가는군요.

종자 : 그렇네.

1-9

종자:마음 다스리기는 곧 욕심 버리기네. 욕심
　　중에 가장 큰 욕심은 미움이니라. 어떤 이
　　는 그 미움 하나로 살아 있고, 그 미움이 없
　　다면 존재 이유와 가치도 없다고들 하네.
시자:정말 어리석은 사람들이군요.
종자:그렇네. 어리석은 사람이란 머리에 담아둘
　　걸 마음에 담는 것일세. 사실 어쩔 수 없는
　　미움도 있겠지. 부모나 자식을 살해한 자
　　를 미워하지 않으면 어쩌란 말인가. 허나
　　자신은 살해당하지 않았지 않는가. 그 죽
　　음을 죽음만으로 받아들이는 단순한 동물
　　이 되어선 안 돼지. 사본을 아는 사람에겐
　　그 미움도 스스로 사그라들며, 더 나아가

사본의 진리를 더 깊게 깨닫게 되고, 동기
로도 받아들이지. 정신문명의 극대화며 고
귀한 순수의 이상화로써 바로 사본의 본색
을 저절로 흡수하네.

시자 : 해탈의 길이 바로 그것이네요. 자신을 모
든 것에서 벗어나게 하여 스스로 자유롭게
되는군요. 탄생이 해탈의 시작이니, 죽음
으로 해탈의 마무리를 지어야죠. 그게 사
본을 알고 죽으면 해탈이 되는군요.

종자 : 그 단계론 그렇네. 다음으론 해탈에 대한
해탈에 더 정진하시게나. 처음으로 돌아가
서, 먼저 조그만 미움부터 하나씩 버리시
게. 그러면 그게 얼마나 부질없는 아집이
었음을 느껴 마음이 후련하지. 점진적으로
미움의 자리를 비우시게. 그리고 가까운
사이라 미처 보지 못하는, 알고도 그냥 지
니기만 하는 미움도 찾아보게. 틀림없이
있다네. 바로 그 미움을 버린다면 미움자
체를 이해할 것일세.

시자 : 나쁜 세균처럼 번식하는 걸 반성이란 사본

한방으로 깔끔하게 지울 수 있군요. 모든 실패는 정보 부족에서 연유하나, 정보도 사본 안에 있군요.

종자 : 비극은 없네. 단지 감상만 있을 뿐이네. 절망은 없네. 단지 체념만 있을 뿐이네. 사본으로 돌아가기 전 최후의 순간까지 삶의 기쁨으로 최선을 다하시게. 믿져봐야 본전이 아니라, 본전 다음으로 남는 게 있느니라. 최소한 최선의 아름다움.

시자 : 뭘 상실하였느냐. 하늘이 거두어 갔다며 위안을 삼을게 아니라, 자기 스스로의 도전 기회라 생각해야 되는군요.

종자 : 그렇네. 잃는 것도 자연이며 얻는 것도 자연일세. 다 사본 스스로이니, 항시 앞을 보시게. 육체의 성장통도 있는데, 알고 보면 정신의 성장통은 더 크다네. 지금의 고난을 그리 해석하시게.

시자 : 나이가 들면 잃는 것도 있고, 얻는 것도 있죠. 그게 인생이니. 엄청난 사건에 직면했을 때, 항시 적극적으로 대처하죠. 하나님

의 부르심이라든지, 팔자소관이라든지 다
른 이름을 부르지 말고, 자신의 이름을 불
러야죠. 언제든지 역전은 있고, 그 역전도
자신의 마음에 달렸죠. 사부님. 인연은 어
찌 해석하오리까.

종자: 선천적 염색체처럼 후천적 염색체가 비슷
한 코드라 보시게. 어떤 이들은 형제보다
더 닮고 친한 친구들이 있지 않는가. 천생
연분도 후천적 염색체가 같은 코드로 보시
게. 사본에선 모든 게 가능하네. 불가능도
없고 기적도 얼마든지 있네.

시자: 사본, 제일의 복이군요.

종자: 여보게. 가족보단 자신이 우선이니 더 사
랑하게. 나라보단 가족이 우선이고, 지구
보단 나라가 우선이고, 우주보단 지구가
우선이고, 사본보단 우주가 우선이네. 허
나 사본 안에 모든 것이 있느니라. 자신을
사랑함이 곧 사본을 사랑함이니라. 선행도
자신을 위한 것일세. 은혜를 입는 것도 기
꺼이 받아들이시게. 그것도 선행일세. 자

식이 부모를 이용하고, 부부가 배우자를
이용하는 것도 선행일세.

시자 : 예. 선행으로 재산이 나가는 게 나쁜 일로
나가는 것보단 백번 낫죠. 병이 든다든지,
감옥에 간다든지, 선행을 하다보면 그런
나쁜 일에서 멀어지니 마음마저 평화롭죠.
나고 죽듯, 재물도 들어오고 나가는데 선
행으로 대체하는 게 백번 현명한 일이죠.

종자 : 사본을 아는 순간에 지난 모든 죄는 사라
지느니라. 다음으로 짓는 죄도 사본을 외
우며 지우도록 하시게. 평생을 죄를 씻는
데 보내더라도 죄를 담은 인간보단 억만
배 낫느니라. 삶을 얻었으니 그 정도 수고
는 아무 것도 아닐세. 허허허. 그래서 태어
날 때처럼 맑게 돌아가느니라.

시자 : 사진을 찍으면 사람의 마음이 보인다죠.
무심코 드러내기 때문입니다. 옷을 입기
시작할 무렵 몸을 보호하는 차원이었지만,
점점 자신의 허세를 드러내자 마음이 감추
어졌죠. 짐승이나 나무를 찍으면 자연 그

대로인데 그들의 마음은 다 겉과 속이 같
기 때문입니다. 사람들은 불평하죠. 사진
이 못나왔다느니, 늙게 나왔다느니. 그게
제자신의 마음이 불식간에 드러난 걸 몰라
서죠.

종자 : 사진 찍기 두렵네. 허허허.

시자 : 웬 천만의 말씀을. 제가 이 나이 들어서야
사람 얼굴 쳐다보기 시작하는데 언제서야
자연을 쳐다보리까.

종자 : 가시만큼 아프네. 하하하. 드디어 기쁜 그
날이 다가오는구나.

시자 : 벌써 열반에 드시려구요. 아니되옵니다.
미천한 저를 더 이끌어 주시옵소서.

1-10

시자:사부님. 우주 발생의 원인과 이유는 무엇
　　　이오니까.
종자:스스로 태어나고 싶은 이유가 원인일세.
　　　자네의 존재이유와 같은 것일세.
시자:부모님의 결합으로 태어난 게 아니라, 아
　　　직 태어나지 않은 저의 소망으로 제가 만
　　　들어졌습니까.
종자:그렇네. 부모님이 돌아가시어 존재하시지
　　　않는 거와 같은 것일세.
시자:스스로 사본으로 돌아가고 싶은 소망이 원
　　　인으로 사본의 이유가 되는군요.
종자:같은 말이네. 소망이 이유로 사본의 원인
　　　이라.

시자: 사부님. 사본을 알고나선 어떻게 처신하오
리까.
종자: 자연스럽게 되느니라. 더 긍정적이고 더
적극적으로 변하네. 보다 대범하여 지고
보다 현명하게 되느니라. 더하여 착하며
신중하여지네. 겉으로 드러나지 않으니 애
써 치장은 하지 마시게. 저절로 미소가 기
쁨이 되느니라.
시자: 전연 보이지 않는가요.
종자: 그렇네. 그러니 계속 수련하시다보면, 뭔
가 그윽한 테두리가 만들어져, 다른 이들
이 느끼기는 할 걸세. 아주 드물게, 깨달음
의 인식으로 미간이 바로 패이기도 하지.
어느 날 아침 거울에서 보실거네.
시자: 자신의 품위는 자신의 수련으로 돋보이는
거군요.
종자: 당연하네.
시자: 빨리 도달하고 싶군요.
종자: 허허. 이미 도달하였으니 더 가시게. 바로
정중동이지만, 한마디로 모든 걸 관조할

수 있느니라. 먼저 자신을 제어하는 건 기
본이며, 모든 게 하루아침에 이루어지진
않네. 수시로 느껴야 잘못도 곧 고쳐지네.
시자 : 전 고치다가 일생을 마치겠군요.
종자 : 그것도 만족스런 기쁨의 일생이네.
시자 : 올챙이 시절을 잊어먹는 개구리는 아니되
겠죠.
종자 : 그 시절을 잊진 않더라도 그곳에 빠져있으
면 안되네. 다리가 없던 올챙이 꼬리와 몸
통으로 헤엄쳤다고, 개구리도 그러진 않지
않느냐.
시자 : 바로 그것이군요. 사본을 알고 나면 성인이
되고, 사본을 모르면 아이에 불과하군요.
종자 : 그렇네. 일병은 일병으로서 할 일이 있고,
장군은 장군으로서 할 일이 따로 있느니
라. 어른이 아이의 일을 하지 않을 것이며,
아이가 어른의 일을 할 수가 없지 않느냐.
시자 : 이제까지 자신만을 위해서 살아왔으면, 이
제부턴 남을 위해서 살아야하군요.
종자 : 그게 곧 자신의 진정한 삶일세.

시자 : 과연 그렇군요. 진정한 기쁨이군요. 힘들
고 고달픈 때가 있더라도.
종자 : 허허. 사본의 깨달음에 이어지는 물음이
있다. 현재 자신이 처한 사회적 위치는 어
디에 있느냐. 그냥 사본을 느끼고 조용히
사는가. 사본을 깨닫고 남들에게도 깨우치
게 하려는가. 그냥 부서지고 방황할 위치
에 있는가. 고난을 당하더라도 불행한 이
들을 진정코 구하겠는가.
시자 : 어떤 위치에 있더라도 사본을 앎으로 곧
구제가 되리라 봅니다.
종자 : 허허허.
시자 : 각 인생이 빛깔은 다르더라도 사본으로 다
빛납니다.

1-11

시자 : 사부님. 우주의 중앙은 어디이옵니까.

종자 : 천문학적으론 없다고 하네. 허나 언어학적
으론 존재하느니라.

시자 : 풀이하여 주옵소서.

종자 : 계란의 중앙은 어디인가.

시자 : 그냥 복판이겠죠. 그러면 우주의 중앙도
그냥 복판인가요. 단지 모를 뿐이겠죠.

종자 : 사람의 중앙은 어디인가.

시자 : 배꼽 위, 배꼽 아래, 사람의 체형에 따라서
달라지겠네요. 일반적으로 배꼽으로 가정
할 수 있겠네요. 탯줄의 자리니까. 바로 생
명의 줄이니까요. 우주에도 생명의 줄이
있는가요.

종자 : 하늘의 중앙은 어디인가.

시자 : 우물 안에서 바라본다면 원의 중앙일 텐
　　　데요.

종자 : 바로 자네 입에서 답이 나왔네.

시자 : 무엇이오니까.

종자 : 자네의 머리 위가 하늘의 중앙이며, 우주
　　　의 중앙은 바로 자네이네. 생명의 줄이란
　　　역시 사본이니라.

시자 : 바로 바다의 중앙이 따로 있지 않다는 말
　　　씀이군요.

종자 : 그렇네. 우주의 안도 역시 사본이고, 우주
　　　의 밖도 역시 사본이네.

시자 : 밖의 사본과 안의 사본과 차이가 있나이까.

종자 : 사본으론 차이가 없네. 표현은 가능하네.
　　　우주의 밖은 더 순수하고 덜 익었을 뿐이
　　　라고. 허나 제약된 인간의 시각에 불과하
　　　네. 사본으론 똑 같네. 생명의 줄처럼. 물
　　　을 물이라 하고, 배꼽을 배꼽이라 하는 거
　　　지, 생명의 근원이니 생명의 줄이니 형이
　　　상학에 매달리지 마시게. 사본이 근본이

니, 근본에 매달리시게.

시자 : 예. 오늘도 더럽혀진 마음을 닦고, 내일은
더럽히지 않도록 정진하고 있나이다.

종자 : 기쁨으로 사는 게 답이니라. 슬픔 따위를
버리는 것 또한 기쁨이니라.

시자 : 분노를 어찌 버리나이까.

종자 : 모든 답은 자기에게 있느니라. 스스로 정
리하여라.

시자 : 예. 버리는 게 버리는 게 아니군요.

종자 : 그렇네. 버리더라도 잊지는 말게. 잊어버
리더라도 버리진 말게.

시자 : 예. 한마디로 스스로 정리하면 되는군요.

종자 : 다음으론 기쁨이지.

시자 : 사부님 말씀은 여러 단계를 건너뛰어서 이
해가 쉽지 않아, 매번 숙제로 생각합니다.

종자 : 허허허. 미안하네. 말재주가 없어서. 공부
도 기쁨일세.

시자 : 이 시간에도 많은 사람들이 죽어가지 않습
니까. 그러면 그들의 우주중앙은 이동하는
가요.

종자 : 사본 자체가 되니, 우주 중앙이란 표현은
무의미하네. 이미 우주 전체가 되었으니.
자네의 중앙도 몸이 있을 때 유효하지만
그자체도 무슨 의미가 있겠나. 모르는 사
람이 죽으면 알지도 못하면서, 지인의 죽
음에는 온통 야단이지 않는가. 공부가 부
족해서 그래. 사본의 기쁨으로 돌리시게.
이 시간에도 숱한 동물들이 죽네. 그들은
기쁨으로 돌아가네. 자신도 모르면서, 사
본도 모르면서. 허나 사본을 거스럼없이
받아들이네. 순수하게.
시자 : 예. 모든 게 기쁨입니다. 우주의 탄생 우주
의 비밀 등, 사본이 사본으로 밝혀진 게 기
쁨이니까요.

2-1

관자 : 생성과 소멸도 같으니라. 생성의 길도, 소
멸의 길도 같느니라. 생성은 사본의 마음
이 소멸되고, 소멸은 사본의 마음이 생성
되느니라. 그러니 생성이 곧 생성이 아니
고, 소멸이 곧 소멸이 아니니라. 잠시 빌리
고 돌려줄 뿐이지만, 모든 존재는 존중받
아야 하느니라.

곡자 : 사람이 죽으면 사본으로 돌아가지 않소이
까. 그러면 그 속의 균들도 사본으로 돌아
가나이까.

관자 : 그렇느니라. 좋은 균도 물론이지만, 나쁜
균으로 그 사람이 죽었더라도, 그 균도 사
본으로 돌아가느니라.

곡자 : 그러면 원수지간도 같아지는군요.

관자 : 그렇느니라. 그래서 모든 존재는 존중받아
야 하느니라.

곡자 : 서로 원수라도, 적이라도 따져보면 동일하
군요.

관자 : 그렇느니라. 우리 모두가 지구란 사람에
들어있는 균들이니라.

곡자 : 지구 말고 다른 사람들도 많을 테죠.

관자 : 그렇느니라. 먼저 자신부터 알고 자신을
사랑하면, 모든 걸 알게 되고 모두를 사랑
하게 되느니라.

곡자 : 적을 사랑함이 곧 적을 이기는 길이겠죠.

관자 : 그렇느니라. 또한 이기는 게 사랑이니라.
악연도 좋은 인연이니라. 사람 하나만도
복잡하지만, 따져보면 간단하느니라.

곡자 : 바로 사본이니까요.

관자 : 존재 자체로도 존경받아 마땅하느니라.

곡자 : 원수를 사랑해야 되는 이치가 바로 거기에
있군요.

관자 : 그렇느니라. 그게 진정 자신을 사랑함이

고, 사본의 기쁨을 누리게 되느니라.

곡자 : 사랑의 실체는 무엇이오니까.

관자 : 허허허. 욕심이니라. 습관적인 사랑도 관습적인 욕심이니라.

곡자 : 좋아하는 것에 욕심이 내재되어 있다는 말씀이군요. 자신을 보충하려는 욕심, 자기만 소유하려는 욕심, 서로 끼리만 나눠가지려는 욕심, 좋아하는 것에 차별을 두는 것이군요.

관자 : 그렇느니라. 그중에도 남들에게 바라는 거 없이 베풀려는 자기욕심도 있느니라. 원수를 사랑한다는 보상심리에서도 깨끗이 벗어난 깨달음의 무위일세.

곡자 : 자신을 사랑하는 것이 간단하고도 어렵군요.

관자 : 그렇느니라. 그냥 있으며, 자연스럽게 좋아하면 되느니라. 의미를 찾지 마시게. 사본으로 충족하고도 남네.

곡자 : 삼라만상이 사본이지만, 사본임을 깨닫지 못하는 무리들이 많군요.

관자: 그렇느니라. 사람이 사람 되지 못하는 사람도 많느니라. 스스로 함정에 빠져있고도, 보면서도 보지 못하고, 들으면서도 듣지 못하고, 말하면서도 말하지 못하니, 애석한 일이로다.

곡자: 더욱 분발하여 알리겠나이다. 기쁨을 나누면 배가 될 테죠.

관자: 행위에 연연하지 마시게. 스스로 그 행위에만 빠질 수도 있으니.

곡자: 가르침, 감사하나이다. 사본의 마음은 무엇이오니까.

관자: 마음은 없느니라. 그 없음이 있느니라. 곧 이것이 소멸이라면 바로 생성이니라. 인간의 틀에만 박혀있지 마시게. 그러니 모든 것을 인간의 기준으로 보지 않느냐. 사본이니 사본으로 생각하시게. 그게 바로 사본의 마음이네. 허허허. 어렵게 생각하지 마시게. 그냥 자연스럽게 생각하시게. 때가 되면 자연스럽게 다 해석이 되네.

곡자: 알겠습니다. 제가 준비되면 다시 찾아오겠

나이다.
관자 : 그러시게. 깨달음도 준비가 되어야하네.

2-2

난자 : 사랑도 자기보호와 자기만족에서 파생된 것이네. 자기만족이란 주로 자기를 재생산하는 것이 목표네. 인생이란 자식 낳고 살다가 죽는 것에 만족하는 무욕이 정의일세.

망자 : 자식이 없으면 남의 자식이라도 사랑하면 되는군요.

난자 : 그렇네. 어른과 아이의 구분뿐 너와 내가 없느니라. 자기 일을 사랑하는 것도 한 방법일세.

망자 : 사람이 죽고 나면 그만인데, 조상 탓을 한다든지 조상 덕이란 건 어떻게 해석하나요.

난자 : 조상 탓을 하는 거는 나지 않은 자식 탓을 하는 거나 마찬가지일세. 조상 덕이란 건

　　　오랫동안 조상을 마음에 두었으니 그만큼
　　　노력을 한 결과일세.
망자 : 마음에 두는 것도 섬기는 것이군요.
난자 : 그렇느니라.
망자 : 사부님. 영혼도 몸의 일부라 하지 않소이
　　　까. 사부님께서 누누이 말씀하셨듯이, 만
　　　일 천국에 이 의식을 지니고 간다면 천국
　　　이 지옥보다 나은 게 없다고요.
난자 : 그렇느니라. 천국에 가서 사랑하는 이를
　　　찾는다고 하자. 어떤 이는 지옥에 있으면
　　　천국에 있는 자신이 과연 천국에 있겠느
　　　냐. 어떤 이는 다른 사람과 행복하게 산다
　　　면 자신이 어찌 천국에 있느냐. 혹 사랑하
　　　는 이를 죽인 원수를 천국에서 만나면 이
　　　승에서처럼 용서가 되겠느냐. 그래서 다른
　　　의식과 다른 옷을 입는다하지만 그게 어찌
　　　자신이런가. 정말로 귀신으로 맴도는 것이
　　　지. 허허허.
망자 : 그러나 막상 죽고 나서 이 의식이 없어질
　　　걸 생각하니 슬프고 허망하게 느껴지네요.

난자 : 슬픔은 없네. 허망한걸 아는 게 바로 기쁨
     으로 승화되시네. 허허허. 사본을 알고 죽
     으면 죽을 때 기쁨의 희열을 누리느니라.
망자 : 그 희열이 영원하리라 믿는군요.
난자 : 순간이 영원으로. 바로 그 말이니라. 그 희
     열 뒤론 영원한 안식의 일부가 되느니라.
     누구나 다 무엇이든 다 동참하느니라.
망자 : 그래서 영혼을 팔아서 천만금을 얻는다는
     것은 소설에 지나지 않는군요.
난자 : 허허. 복권당첨을 각색한 것이로세. 허망
     을 기쁨으로 전이치 못하고, 단순하게 다
     른 허망을 지어내는 것일세. 악마의 탄생
     이유처럼. 허허허.

2-3

현자 : 이 마을이 사라진다면 어떡하나요. 저는
어찌하란 말인가요. 이 나라가 사라진다면
어떡하나요. 정말 어찌하란 말인가요. 이
지구가 사라진다면 어떡하나요. 과연 내가
죽는 것인가요.

이자 : 모든 걱정을 놓아두시게. 자네가 죽으면
마을이 사라지더라도, 자네가 죽어서 나라
가 사라지더라도, 지구가 사라져서 자네가
죽어도, 변할 것은 없네. 어떻든 지금은 마
을도, 나라도, 지구도 사라지지 않네. 나중
이더라도 뭔 상관이 있단 말인가.

현자 : 관계없는 존재는 없지 않나이까. 사부님.

이자 : 자네 혼자 죽던, 모든 인류가 같이 죽던, 자

네의 죽음에는 차이가 없네. 그러니 자네 혼자 살아있던, 모든 인류가 살아있던, 설혹 자네만 빠져있더라도, 존재하는 건 아무것도 없네. 오직 사본뿐이네. 그러므로 다 존재하네. 삶이든 죽음이든… 그 변화는 변화일 뿐이네.

현자 : 사부님께서 유고시 어떤 문제에 봉착했을 때 해결점은 어디서 찾으오리까.

이자 : 사본 안에 다 있느니라. 찾으면 그곳에 뚫려있느니라.

현자 : 사부님. 제 아이에게 들려줄 말이라면 무엇이 좋겠나이까.

이자 : 잔. 잔이니라. 그녀가 버린 잔이더라도 그녀가 소중히 다루는 잔이더라도, 그 잔에 무엇이 담기느냐가 더 중요하느니라. 독이 담기면 독잔이고, 약이 담기면 약잔일세. 그러니 항시 잔 자체를 보기보다는 잔에 무엇을 담을 것인가를 고심하시게.

현자 : 알겠나이다. 잔. 아주 많은 적용이 되겠군요.

이자 : 그렇느니라. 잠은 깊이 들수록 좋다하지
않느냐. 그런데 어느 날 일어나지 않으면
그게 죽음이니라. 그래서 잠이 얕게 드는
게 한편 안전해서 좋은가. 그렇지는 않느
니라. 낮의 번뇌를 밤까지 이을 이유는 없
네. 여하튼 죽음도 삶도 아무것도 아니니
라. 그게 바로 버린 잔이든 간직한 잔이든
상관이 없다는 말이네. 바로 죽음에 무엇
을 담을 것인가, 그 말이네.

현자 : 정말 그러하옵니다. 사본에 사본을 담는
거니, 가장 간단하면서도 가장 어려울 수
도 있겠군요.

이자 : 그렇네. 고개를 들더라도 눈이 감겨있으면
하늘을 볼 수가 없네. 누구든지 눈만 뜨면
하늘을 보는 것보다 쉽다네. 잔에다 자연
을 담으시게.

현자 : 잔. 깊이 명심하겠나이다. 딱 한마디로 잔.

이자 : 허허허.

현자 : 사부님. 삶을 아름답게 하는 비법이 따로
있나요.

이자 : 허허허. 마감은 다 아름다우니라.
현자 : 득도면 귀로가 없어지고, 귀로가 없어지면
　　　낙도 없어지는가요.
이자 : 혀맛은 없어지더라도, 맘맛은 부풀어지네.
현자 : 마음의 맛을 모르니, 혀로 싸우죠.
이자 : 싸우지들 마시게. 사랑할 힘도 부족한데,
　　　왜들 싸우시나. 초반에 긍정해주면 서로가
　　　좋은 걸세. 왜 사랑할 힘을 싸우는데 허비
　　　하려나.
현자 : 불평하는 재미로도 싸우나 봐요.
이자 : 거지가 되고픈 사람도 있겠지.
현자 : 호호호.
이자 : 남이 하면 불륜이고 자신이 하면 사랑이듯
　　　이, 남이 어려운 환경에 처하면 수양할 수
　　　있는 좋은 기회라 달랜다. 자신이 그런 처
　　　지에 놓이면, 끊임없이 수양하는 데도 이
　　　렇게 열 받고 짜증나는데 저놈들이 해도
　　　너무하지 않는가, 핑계되지만 왜 좋은 기
　　　회라 역설하지 못하는가. 어떤 경우엔 상
　　　황이 바뀐 게 아니라 자신이 바뀌었느니

라. 절박한 심정에서 벗어났다던지, 넓은 마음이 좁아졌다던지, 깊은 영혼이 얕아졌다던지, 느린 성격이 빨라졌다던지. 아무 것도 하지 않는 것이라곤 없다. 변하지 않는 것이라곤 없지만, 변하는 것도 없다. 뭔가 다른 것이란 뭔가도 실재하지 않는다. 마찬가지로 아무것도 아니란 사람도 어떤 사람이며, 어떤 경우도 아무것도 아니란 말이지.

현자: 어렵네요. 한마디로 사본이겠죠. 호호호.

이자: 잔이 넘치네. 허허허. 내 자신의 분신이 아니라, 내 자신이 다른 곳에 편재해 있느니라. 한 마리의 개미로, 한 마리의 멸치로, 한 마리의 나비로도 있을 수 있느니라. 전생이 아니라, 후생이 아니라, 한 인간으로서 같은 시대에 어느 곳에 살고 있는지도 모르느니라. 그러니 이유 없는 살생은 하지 말며, 어린 생물은 보호하여야 하느니라. 어떤 곳의 내 자신이 굶어죽어 가고 있는지도 모르니, 내 자신인 그 자신을 위해서도

이유 있는 살생은 허용하여야 하느니라.

현자 : 사부님. 훗날에도 일부일처는 고수될까요.

이자 : 물론이네. 결혼이란 서로 합의한 계약일세. 계약은 지키기 위한 것일세. 국민이 나라를 배반하면 국법으로 다스리듯이, 가족을 배신하는 행위는 구성원으로서의 자격을 스스로 박탈하는 것일세.

현자 : 근간에 부부끼리 공동으로 행하는 외도는 묵인이 되오리까.

이자 : 아닐세. 이미 가정이란 의미를 포기했으니, 가족이란 굴레도 해체하는 게 더 나을 거네. 자식이 있는 부부는 부모이기를 포기하였으니, 먼저 부부의 연부터 풀어야 하네.

현자 : 이혼이 능사는 아니더라도 차선책은 되는군요.

이자 : 그렇네. 영원한 것이라곤 사본밖에 없으니, 그 외는 합의로서 정리가 되네.

2-4

달자 : 인생이 허무합니다.

월자 : 천만이네. 그게 다 욕심이니라. 하루하루가
가치 있는 데, 수십 년 삶이 왜 무상하단 말
인가. 나무만 보지, 숲을 보지 못한다더니.
숲은 보면서도 나무를 보지 못하니. 한 마
리의 암소가 계란 10개보다 못하단 말인가.

달자 : 결과만 따져서 그렇습니다. 과정은 잘 즐
겨놓고요. 많은 기쁨을 한 결과로 부정될
순 없는데 말입니다.

월자 : 그렇네. 결과만 좋다고 과정의 아픔을 잊
어선 안 되네. 인류의 문명과 문화도 욕심
이 원인이니라. 어떤 결과도 나중엔 달라
지네. 좋은 결과가 나쁜 결실로, 아픈 결과

가 기쁜 결실로. 부분에 얽매이지 마시게.

달자 : 예. 전체를 보면서 기다리죠.

월자 : 그렇게 하시게. 그러나 미룸과 기다림은 구별하시게. 내일은 없네, 오늘만 있네.

달자 : 내일로 미루지 않겠습니다.

월자 : 그러시게. 오늘 지금 안에 모든 과거와 미래가 들어있으니, 지금 무엇을 하던 충실히 하시게.

달자 : 지금 똥을 누고 있더라도…

월자 : 그렇네. 낮잠을 자고 있더라도…

달자 : 하품을 하는 중이라도…

월자 : 그게 인생이며 기쁨이니라.

달자 : 사주팔자는 시를 잘 타고나야 된다는데, 죽는 것도 시를 잘 타야 되나요. 비록 팔자라는 게 정해진 운명이 아니라 스스로 만든다 하지만요.

월자 : 허허허. 시를 잘 타고나는 것도 환경적 요인이라 틀린 말은 아니지만, 제 아무리 타이밍이 좋아도 준비되지 않은 사람에겐 무용지물이네. 한 죽음에 남은 이들이 보기

엔 망자의 죽음 타이밍으로 큰 복이 되기
도, 큰 해가 되기도 하네. 그것도 준비가 된
사람에겐 복이 복이 되고, 준비가 되지 않
았으면 복이 해가 되기도 하네.
달자 : 준비라면 무엇이든 충실히 하면 따른다는
말씀이죠.
월자 : 그렇네. 무엇이든 기쁨으로 여기시게.
달자 : 그러면 사주팔자를 볼 필요가 없군요.
월자 : 그렇네. 그 노력으로 자신을 되돌아보고,
주위를 둘려보면 답이 다 있느니라.
달자 : 명심하리다.
월자 : 모든 것을 자네가 행하고 자네가 거두네.
절망에 봉착해서 비열한 체념이든 용감한
포기이든, 원래 없었던 것이란 핑계든, 먼
저 욕심을 버리시게. 그리고 스스로 깨달
으시게. 모든 것을 자신이 행하고 자신이
거둔다고. 어떤 경우라도 최선을 다하시
게. 과정이 중요하네. 바로 삶이 과정이지
결과는 아니기 때문일세. 결과론 기적이
든, 당연이든, 우연이든, 그건 행운을 얻는

것도 불운을 겪는 것도 아닐세. 단지 삶일세. 100미터 달리기 시합을 하더라도 여유를 가지시게. 9초라는 엄청난 시간이 있네. 1에서 45까지 세기도하고, 다섯 번은 생각하고, 두 번은 결정할 수 있는 시간일세. 실제는 어떤 삶에도 결과는 없네. 애초부터 원인도 없었네. 사본으로서의 변화뿐일세. 그러니 인생살이에서 겪는 순간순간의 결과는 한 과정의 과정에 지나지 않네. 그러니 기쁨으로 버리시게, 욕심을.

달자 : 아직까진 때가 아니다. 때완 상관이 없다. 그런 시간의 상념으론 차라리 죽을 때까지 공부를 하겠나이다, 사본을.

월자 : 지옥은 입에 있고, 천국은 눈에 있네. 비교 없인 경쟁이 없고, 비교로 분노가 발생하네. 아픈 사람을 보면, 건강 하나만으로도 행복하네. 무식한 부자들을 보면, 모든 부자들을 부정적으로 보고 싶어 하는 것도 제가 포함되지 않아서 그렇넜니라. 사랑도 욕심이라, 사랑의 아픔이 큰 만큼 욕심도

더 컸노라.

달자 : 예. 그렇군요.

월자 : 지옥은 몸에 있고, 천국은 마음에 있느니라. 그 시절에 그런 주위여건만 아니었다면 더 즐거웠을 텐데, 하는데 그 상황이 지금이라면 어찌 하겠느뇨. 기쁘게 이 시절을 보내시게. 예를 들어 학창시절에 생활여건만 좋았으면, 하는 아쉬움도 있는 것보다 없는 것에 허무해서 그렇느니라. 돈이 없어 학교도 못가고, 아파서 학교도 못가는 경우도 있느니라. 가장 절망적이더라도 그 순간을 기쁘게 맞으시게.

달자 : 행운의 당첨인가요. 자기개발의 시기로 말입니다.

월자 : 허허. 슬픔과 분노로는 그 상황이 개선되기 보다는 더 악화되기 십상이로다. 지금의 느낌에 기쁨을 보태시게.

달자 : 아픈 인연에도 희망적이군요. 기쁨으로.

월자 : 지금 이 순간에 밝은 미래가 이미 펼쳐져 있노라.

2-5

나자 : 사부님. 죽음 근본이란 글자체로서의 死本
　　　을 풀이하여 주옵소서.
도자 : 사람은 누구나 살다가 죽는다. 생물은 무
　　　엇이나 살다가 죽는다. 끝이 없을 것 같지
　　　만, 전에 태어났듯이 지구도 언젠가 죽는
　　　다. 물론 태양도 때가 되면 식는다.
나자 : 막막하군요.
도자 : 이 우주도 태어났듯이 언젠가는 죽는다.
나자 : 우리는 그 없이 허망한 사실을 잊고 사는
　　　군요.
도자 : 그렇네. 우리가 일컫는 생물만이 생물이
　　　아니네. 커다란 바위도, 흐르는 강물도 생
　　　명이 있느니라.

나자 : 존재하는 모든 게 생물이군요.

도자 : 그렇네. 바람마저.

나자 : 존재하는 건 모두 죽기 마련이란 말씀이군
요. 그러면 이 우주가 태어나기 전의 존재
는 무엇이며, 이 우주가 죽고 나서의 존재
는 무엇인가요.

도자 : 불같은 공기며 물 같은 흙으로서 한마음
같아 첫 하나라고도 하셨지. 한마디로 그
게 바로 사본이며, 현재 모든 것의 존재도
궁극적으론 사본이네.

나자 : 도로, 집, 옷도 살아있군요.

도자 : 그렇네. 인류의 문명이란 게 파괴와 죽음
의 향연이네. 자연물도 지진에 사라지고,
인위물도 해일에 사라지네. 무엇으로 무엇
이 사라지던, 다시 무엇이 생기니 다 사본
이네. 또한 존재하지 않는 것도 사본이네.
우리의 생각마저 사본이듯이. 사본이 죽음
의 근본이고 곧 죽음의 근본이 삶의 근본
이네. 그러니 죽어도 죽지 않네.

나자 : 바로 영원한 삶이군요.

도자 : 그렇네. 그게 바로 기쁨이네. 그런데 더러
그 충만한 기쁨을 잊고 산다네.

나자 : 어리석은 사람들이군요.

도자 : 그렇네. 꿈에선 말도 되지 않는 일들이 이
루어지듯이, 현실에서 현명하게 산다는 게
오히려 억지 부리는 짓거리로 되기도 하
네. 찬찬히 돌아보면 우스운 게 많다네. 그
러니 참다운 기쁨을 누려야하네.

나자 : 가르침과 배움도 기쁨이군요.

도자 : 죽음과 삶도 기쁨이듯.

나자 : 전생이란 것도 생물만이 아니라 돌이나 바
람일 수도 있군요.

도자 : 핵심일세. 무존재의 사본이 전생인 위인도
있네. 허나 큰 분이든 작은 분이든 그 평가
도 기쁨의 한 톨에 지나지 않네. 기쁨은 기
쁨자체로 충분하네.

나자 : 오는 건 다 가고, 가는 건 다 오는군요. 손
해날게 없으니, 두려울 게 없군요.

도자 : 부분적으로 보면, 불공평한 세상마저 바로
평등일세. 일하나 안하나 모두 다 똑같다

면 그게 불평등이지. 바로 사본을 알고 공
부하는 거와, 모르고 사는 거완 크나큰 차
이지. 슬픔에서 기쁨과 절망에서 희망을
건지는 거와 웃음에서 분노와 행복에서 파
괴를 얻는 차이처럼.

나자 : 네. 거지가 돈 더 달라고 떼를 쓰는 거와 부
자가 적선을 더 못해서 송구해하는 거는
커다란 차이죠. 항시 몸가짐을 사본의 바
탕으로 가다듬겠나이다.

도자 : 그러시게. 항시 만족하시며.

나자 : 네. 목표는 높게, 비교는 낮게 하리다.

도자 : 비교는 안하는 게 좋긴 하네. 어떤 돌멩이
가 큰 바위를 부러워하랴. 어떤 돌멩이가
제가 처한 위치에서 다른 돌멩이의 위치를
부러워하랴. 몰라서 안하는 게 아니라, 안
해서 만족하느니라.

나자 : 사실 인간의 관점에선 어떤 인간도 구더기
보단 낫죠. 구더기 입장에선 반대겠죠.

도자 : 허허허.

2-6

망자 : 사형님. 사랑으로 아껴서 보호하기도, 독선적인 사랑으로 꽃을 따기도 가지를 꺾기도 합니다. 꽃나무의 고통이 있지 않겠소이까.

난자 : 나무도 마음이 있으니, 왜 고통이 없겠느냐.

망자 : 사람과 똑같은 고통인가요.

난자 : 마음이 다르니, 고통도 다르네. 허나 서로의 느낌이 달라서 짐작은 못할 것이나 비슷하다고 보면 되네. 눈이 없는 곤충은 더듬이로 진행을 이어가듯. 목표로 가는 건 틀린 게 없네. 걸어서 가든, 기어서 가든. 그러니 목표가 있는 게 숭고한 작업일세.

망자 : 궁극적인 목표는 사본입니다.

난자:사제님. 사본은 목표가 아니라 사본 자체
　　이니라.
망자:꽃나무에서 보면 꺾는 사람은 악마고, 그
　　런 사랑은 파괴이군요.
난자:허허허. 비약하지 마시게. 나무는 오랫동
　　안 제자리를 지켜 와서, 집착하지 않고 관
　　조하느니라. 다람쥐도 사람도 새도 애완동
　　물과 다름 아니니라. 고통의 느낌, 사뭇 다
　　르니라. 물 흐르듯이 흘려버리네, 햇살을
　　전신에 훑어버리듯이. 늘 감사하며 지키느
　　라. 그들의 신앙도 존중하라. 그들의 존경
　　심도 존중하라.

전자:할아버지의 할아버지를, 손주의 손주를 배
　　려하는 길은 사본뿐인가 하노라.
후자:사람이 죽음이랴. 이제 껍데기를 버릴 때
　　가 되었노라. 가면 고르기도 그치고, 이 막
　　은 빗물과 함께 내리네.
전자:멀미하는 새처럼 갈 날만 기다리는 놈이
　　련가.

후자 : 사형. 답답하오.

전자 : 사제. 무엇이든 쉽게 생각하시게.

후자 : 모든 것이 사랑으로 답답해지는 거 같으오.

전자 : 사람들이 꽃을 사랑하는 것처럼 생각하
시게.

후자 : 이 꽃도 사랑하고, 저 꽃도 사랑하듯이 말
입니까. 시든 꽃을 사랑하는 이도 있듯이
말입니까.

전자 : 그렇네. 꽃을 사랑하는데 의미를 부여할
수도 있고, 아무런 의미도 없을 수 있듯이,
사람들의 사랑에도 의미를 부여하기도 하
고 아무런 의미가 없을 수도 있네. 그냥 꽃
을 사랑하는 것처럼 말일세. 꽃에서 영혼
을 찾지 마시게. 이미 꽃 자체가 영혼일세.
꽃에서 눈물을 찾지 마시게. 이미 꽃 자체
가 눈물일세. 영혼의 눈물이든 눈물의 영
혼이든 다 기쁨의 한부분일세.

후자 : 삶과 죽음도 마찬가지네요.

전자 : 그렇네. 한 송이 꽃의 죽음으로 생각하시
게. 한 송이 꽃의 탄생으로 생각하여 한 송

이 꽃의 삶과 죽음은 있어도, 꽃나무의 삶
과 죽음은 없네. 그냥 꽃이네.

후자：한그루의 꽃나무를 사본으로 비유하시는
군요. 정녕 사본뿐이라.

전자：허허허. 모든 이는 다 천사이니라. 하늘로
날아다니기도 하는 바로 그 천사이니라.
거리에서 자주 만나는 천사이니라. 모든
이의 미소가 다 천사의 미소이니라. 누구
의 조그만 도움이 다른 이에겐 커다란 은
혜이니라. 그 은혜를 베푸는 분이 어찌 천
사가 아니겠는가. 그러니 모든 이에게, 모
든 천사님들에게 고개 숙여 감사드리네.
이것이 곧 모든 이의 기쁨이네.

후자：무자식이 상팔자라 하지 않소이까. 우리가
태어나기 전의 상태인 고요한 평화, 사본
이 아니옵니까. 죽으면 고요한 기쁨, 사본
으로 돌아가지 않소이까.

전자：태어나지 않았으면 좋을 걸, 그게 함정이
자 바로 해답이네.

후자：머나먼 섬으로 유배된 상태라면, 세월마저

속절없이 수없는 파도처럼 흘렀다면 그는
이미 잊혀진 존재아니리까. 그럼 죽은 이
와 진배없지 않소이까. 모든 이에겐 죽어
있으나 진실로 그는 살아있지 않소이까.
그러니 정말로 죽어있다 하더라도, 그건
잊혀지지 않는 삶의 일부분에 지나지 않는
죽음에 지나지 않소이다.
전자 : 사본은 영원하느니라. 하하하.

2-7

석자: 행복은 멀리 있는 게 아니오. 자신의 마음을 추스리면 바로 그곳에 있소이다. 병도 약이라 생각하시오. 누구에게나 자정능력이 있소이다. 태어남과 죽음이 자정능력의 표본이오.

비자: 사형님. 사부님은 언제 오시나이까.

석자: 곧 오실 겁니다. 사제님.

비자: 까마득한 옛날 제가 소년시절에 뵈어서 사부님을 알아볼 수가 있을까 염려스럽습니다.

석자: 전 본 적도 없지만 알아볼 수 있으리라 믿소이다.

비자: 사부님이 절 못 알아보시면 어떡하오리까.

석자: 죽도록 사랑했던 남편과 아내간이라도, 끔

찍이도 아꼈던 부모와 자식간이라도 다 스치는 인연이오이다.

비자 : 바람 같은 존재이오리다.

석자 : 떠난 사람도 잘 살고, 남은 사람도 잘 살아야하오.

비자 : 바람 같은 부재이오리다.

당자 : 바람이 자고 있네.

비자 : 사부님.

석자 : 사부님.

당자 : 닿은 인연은 인연이 아니고, 닿지 않은 인연이 인연일세.

비자 : 사부님.

석자 : 사부님.

당자 : 부름이 부름이 아니고, 다다름이 다다름이 아닐세.

비자 : 사부님.

석자 : 사부님.

당자 : 이름이 이름일세.

비자 : 사부님.

석자 : 사부님.

2-8

적자 : 소생은 부모님이 정말 싫사옵니다.

서자 : 방금 입문하신 걸 먼저 축하드립니다. 그리고 딸을 겁탈한 아버지가 아니고, 아들을 팔아먹은 어머니가 아니라면, 제 부모님을 잘못 만났다는 그 분별력만 있어도, 그 능력을 갖게 한 부모님께 감사드릴 수 있습니다.

적자 : 더하여 아내도 못마땅하외다.

서자 : 부부간이든 부자지간이든 다 제 하기 나름입니다.

적자 : 모든 게 싫사옵니다. 여기가 좋다는 소문을 듣고 왔답니다.

서자 : 허허. 잘 찾아오셨소. 허허. 잘못 찾아오

셨소.

적자: 알겠사옵니다. 그리고 모르겠사옵니다. 그만 나가려고 하옵니다.

서자: 아직 들어오시지도 않았고, 벌써 나갔사옵니다. 길거리에 있는 누구에게라도 배울 점이 있습니다. 스스로 공식을 만들어서 배울 수도 있습니다.

적자: 뭘 배우기 전에 제 아픔이 너무 큽니다.

서자: 다른 이에겐 아픔을 머리로 나누지만, 가족끼린 마음으로 나누니깐 힘든 게 당연하외다. 그래서 사람들이 사본으로 모입니다.

적자: 사형님도 설익은 과일입니다.

서자: 그렇습니다. 사제님과 마찬가지죠. 아직 떨어지지 않은 열매죠.

적자: 아직 희망이 있다는 말씀이지만, 그건 사형님이 절 몰라서 하시는 말씀입니다.

서자: 물론 모릅니다. 우리가 볼땐, 풀 한포기, 물 한 방울, 모래 하나 한낱 다같이 보이지만, 그들에겐 우리들이 한낱 다같이 보입니다.

적자: 전 모든 걸 포기하였습니다. 그 어떤 것도

절 막지를 못합니다.

서자 : 삶이란 아무것도 아닙니다. 또는 아무것도 아닌 게 아니기도 합니다. 사본으로 보면 아무것도 아니고, 아니면 아무것도 아닌 게 아니기도 합니다. 어떻게 사느냐, 그것도 아무것도 아니고, 아닌 게 아니기도 합니다. 사본을 모르면, 살려고 허우적대기만 하다가 사실은 살지 못하고 죽습니다. 사본에선, 살려고 하지 않더라도, 죽더라도, 영원하고 평화로운 삶을 삽니다.

적자 : 그 부분이 제게 믿기지 않습니다. 한낱 말장난에 지나지 않는지…

서자 : 허허. 그렇소이다. 제가 아직 부족하여 더 배워야 합니다.

적자 : 사부님을 뵙더라도 마찬가지 아닐까요.

서자 : 하늘이 아무리 넓더라도 제가 눈을 감으면 보이지 않습니다.

적자 : 눈을 감더라도 하늘이 보입니다.

서자 : 그건 기억의 일부분입니다. 장님에겐 하늘이 보이지 않습니다. 사본을 모르면 장님

과 마찬가지죠. 진리를 볼 수 없습니다.

적자: 속물이란 중생이 도사님보다 더 깨끗할
걸요.

서자: 그렇습니다. 때를 벗기다보면 애초에 때를
벗기지 않은 이보다 더 추해보입니다.

적자: 속세인 나의 세상으로 돌아가렵니다.

서자: 크리스마스든 연등놀이든 의미에 개의치
마시고 그들과 함께 맘껏 즐기십시오. 스
스로 의미들이 녹아서 사본의 일부분으로
남습니다. 그리고 사제님의 아픔은 사제님
스스로 알에서 깨뜨려 나오십시오. 그러면
사제님 가정사 아픔도 말끔히 지워져, 훗
날 아스라한 기억으로 떠올려 즐기기도 할
겁니다.

적자: 다시는 여기로 오지 않습니다.

서자: 그러십시오. 이미 가셨고, 벌써 돌아오셨
습니다.

2-9

연자 : 사부님. 죽음의 근본 사본은 있는데, 삶의
　　　근본 생본은 없나이까.
평자 : 허허허. 말이란 무엇이든 가능하느니라.
연자 : 사부님. 뜻풀이론 사본보다 생본이 더 나
　　　은 듯 하옵니다.
평자 : 말에서의 뜻풀이는 음식을 보는 거와 같느
　　　니라. 진정한 뜻풀이는 음식을 먹고 나서
　　　느껴지느니라. 듣기엔 생본이 나은 듯 하
　　　지만, 불변의 진리는 사본이니라. 생본이
　　　란 끝없이 끄달리며 그치지 않는 게 삶의
　　　근본이니라. 그 끄달림이 나쁘다는 건 아
　　　니네. 그러나 잘못 해석하면 싸움의 근본
　　　으로 여기게 되느니라. 생본도 사본 안에

있으니, 생본도 한 기쁨이지만 사본처럼 무한한 기쁨은 아니니라. 무자식이 상팔자라는 소리가 근거 없진 않느니라. 지도자가 자식을 거느리면 대중을 편애하는 걸림이 되느니라. 허나 그 마음에서 벗어나면 한 생물로서 갖는 기쁨을 스스로 억제하진 않느니라. 모든 걸 걸림 없이 흘려보내니까. 따라서 무전이 상팔자라는 소리도 생겨나느니라. 돈이 없어도 삶에 불편하지 않고, 끄달림이 없다면 그게 최상의 자리이니라. 돈이란 인간이 만든 편리한 도구로서 한 약속에 지나지 않느니라. 돈은 많든 적든 끄달림에 시달리게 사는 근원이니라. 그 한 지혜에 전체 지혜를 버려선 안 되느니라. 그렇다고 무작정 돈을 배척해선 굶어죽지 않겠느냐. 그러니 무작정 아이 낳기를 배척해선 한 진리로서 전체 진리를 버리게 되느니라. 버릴 것은 우선 제 마음이니라. 그러면 자연의 마음이 담기느니라. 자네가 삶을 생각하는 순간엔 이미 자

네가 죽어있고, 자네가 죽음을 생각하는 순
간엔 여전히 자네가 살아있다네. 이와 같이
생본은 사본의 진경을 울리게 하느니라.

2-10

아자 : 잠자고 싶다.

별자 : 무작정 기도보단 냉정한 명상으로 지금의
자신을 돌아보시게. 그나마 최선에서 미처
빠뜨린 게 있는가.

아자 : 잠자고 싶다.

별자 : 자신만 우기면 나중에 웃기기 밖에 더 하
겠느냐.

아자 : 잠보고 싶다.

별자 : 낚시와 같느니라. 잡으면 좋고 안 잡으면
더 좋느니라. 고기보단 정신을 잡는 게 더
좋느니라.

아자 : 잠 먹고 싶다.

별자 : 모든 것을 아는 것은 아무것도 모르는 거

와 같느니라. 모든 힘을 가진 것은 아무 힘
도 없는 거와 같느니라. 사람은 눈으로 보
고, 어떤 동물은 더듬이로 보고, 어떤 것은
아무것도 없지만 다 아느니라. 아는 것도
안다고 하지 않으니 전연 모르지 않느냐.
삶도 죽음 안에 있고, 죽음도 삶 안에 있고,
삶도 죽음과 같고, 죽음도 삶과 같으니라.

아자 : 잠 맡고 싶다.

별자 : 사본은 살아있는 죽음이니라.

아자 : 어찌하면 살아있는 죽음으로 될 수 있으
　　　리까.

별자 : 공부를 하시게. 계속, 계속, 계속.

아자 : 거기에도 해답이 없었어요.

별자 : 해답을 찾을 수 없을 때가 있다. 싯달타가
　　　오랜 고행에서도 깨달음을 얻지 못하였지
　　　않는가. 해답이 없는 게 정답일세. 기다리
　　　게. 참고 기다리시게. 연륜이 생기던지, 주
　　　위 여건이 성숙하면 스스로 체득할 것일세.

아자 : 잠자고 싶다.

별자 : 각 존재는 그들의 존재 양태로 그들의 느

낌이 있네. 어떤 위대한 사람이라도 보잘
것없는 한 개미보다 나은 게 없느니라. 어
떤 존재는 언젠가 무존재가 되고, 무존재
는 어떤 시기에 한 존재가 되느니라. 그러
니 무존재도 없고, 존재도 없느니라. 단지
사본만 있을 뿐이니라.

아자: 잠자고 싶다.

별자: 시간이 절대자로 보이기도 한다. 시간만
조종하면 죽지 않고, 죽은 사람도 살려내
고, 엄청난 재물도 마음대로 모을 수도 있
다. 그러나 절대자도 없듯이 실제 시간도
없느니라. 단지 흐름만 있을 뿐이니라. 거
꾸로 흐를 수는 있어도 시간이란 개념으로
보지 마시게. 시간여행이 가능하다면 자네
는 이미 태어나지도 않았느니라.

아자: 그 흐름도 없는 거군요, 우리가 느낄 뿐.

별자: 그렇느니라. 사본의 숨일 뿐이니라.

2-11

단자 : 부모를 죽인 원수는 어떻게 갚아야 하나
　　　이까.
운자 : 간단하네. 자네가 누구에 의해 죽었다 가
　　　정하면, 자네 자식들이 그 원수를 갚는다
　　　고 그들의 인생을 망치길 원하는가.
단자 : 아니옵니다.
운자 : 바로 답이 거기에 있지 않느냐. 자네 부모
　　　가 돌아가셨다하자, 자네가 살기 힘들어
　　　원수 갚는 다는 핑계로 자네 운명을 제한
　　　시키지 마시게. 그건 부모의 뜻도 아니고,
　　　약자의 변명에 지나지 않네. 마지막 낭떠
　　　러지에 처하였더라도 스스로 패자는 되지
　　　마시게. 그 힘을 모아 기쁘게 살면 그게 부

모의 바램이시고, 원수를 갚는 길이네. 그 원수도 불쌍한 인간일세. 집착을 버리면 평안을 얻느니라.

단자: 애초에 그런 일이 없었으면…

운자: 아이에게 어릴 때부터 죽음을 아르켜 주시게. 순환하는 자연의 한 과정으로. 죽음이 공포의 대상은 아닐세. 공포가 아니니 삶은 더 기쁨이네. 아이가 죽음을 알면 삶도 고귀한걸 알며, 무엇보다도 마음의 상처를 깊게 하여 돌이킬 수 없는 상태로 만들진 않네. 자연스럽게 죽음을 토론하면 그들의 마음도 한결 가벼워져 무엇이든 상담을 하니, 정신병이 자리 잡기 전에 치유가 되네.

단자: 정말 살아있는 게 힘들면 어찌 하오리까.

운자: 여행을 떠나시게. 어디든지.

단자: 정말 답답하군요. 어디 용한 점쟁이라도 찾고 싶은 심정이군요.

운자: 사주는 보지 않는 게 사주이니라. 길과 답은 이미 제자신 안에 있느니라. 미래를 예측할 뿐이지, 미래를 본다면 그 미래는 이

미 존재하지 않느니라. 자네가 존재할 수 없는 이치이니라. 자네의 가치보다 높은 건 이 세상에 없느니라. 그러하니 사주는 자신이 만드는 것이니라.

단자:막막하군요.

운자:새로운 삶의 시작일세. 살아있는 사람은 외롭더라도, 사람은 살아있기에 외롭지 않네. 사본의 사람은 기쁨이나, 사람의 사본은 기쁨이 아닐세.

진자:사본을 모르면 다 감옥이니라. 어느 인간이 지구를 벗어날 수 있겠느냐. 지구에서 감옥살이 하지 않느냐. 어느 존재가 우주를 벗어날 수 있겠느냐. 다 우주에서 감옥살이 하지 않느냐. 그 감옥을 아는 것도 다 마음이니라. 그 마음도 조그만 몸에 갇혀 있지 않느냐. 그래서 진정한 자유는 스스로 사본으로 깨우치는 걸세.

은자:당신의 아버지는 자신의 아버지를 믿지 않겠느냐. 그 아버지도 자신의 아버지를 믿

지 않겠느냐. 그 믿음은 끝없이 올라가느
니라. 어느 한순간에 그 믿음이 잘렸겠느
냐. 그러니 당신은 믿음의 한 뭉치이며, 한
하나님일세.

진자: 누구나 행복할 권리가 있는 만큼, 불행할
의무도 있느니라. 그 불행이 본인에게 오
지 않는다면 남의 불행을 덜어줄 의무가
있느니라. 행복이란 것도 다 마음먹기에
달려서, 행복한 권리를 찾을 땐 스스로 준
비가 되어있어야 되느니라. 사본을 알면
자연적으로 마음이 편안하니, 항시 행복할
수 있느니라. 예전엔 드넓은 허공에 내 자
신이 빨려드는 느낌이었소. 이제는 드넓은
허공이 내 마음으로 가득하더이다.

은자: 사람들은 다 부족하기 때문에 뭔가 채우려
고 욕심만 부리노라. 욕심으로 다가가면
부족함만 드러나 보이느니라. 서로 나눠주
면 서로 채워지느니라.

2-12

마자 : 별은 별 모양이 아니다.

애자 : 별 모양의 별이 있을까.

불자 : 있다네. 그 별에선 아주 재미나게 산다네.
　　　삶이 장난이고, 장난이 삶이 다네.

마자 : 별은 별 모양이 아니다.

애자 : 별 모양의 별이 있다네.

불자 : 각양각색의 별이 있다네. 각양각색의 존재
　　　들이 있다네. 수없는 마음들이 서로 이해
　　　하며 지낸다네.

마자 : 별은 별 모양이 아니다.

애자 : 별은 별 모양이 다 있다네.

불자 : 모양은 더 이상 모양이 아니네. 믿음은 더
　　　이상 믿음이 아니네. 죽음은 더 이상 죽음

이 아니네.
자자 : 이 세상은 살아있는 사람들의 잔치판일세.
불자 : 쓰지 않는 영혼은 얼음이네. 죽은 아기의
영혼은 사본으로 쉬이 녹으며 동화되네.

3-1

자자 : 그들의 신앙도 존중하시게. 그들의 존경심
　　　도 존중하시게. 기실 믿음에는 그렇게 되
　　　기를 바라는 욕심이 내재되어 있느니라.
숨자 : 제 남자도 상당히 크답니다.
자자 : 이 세상에 혼혈아닌 사람이 어디 있느냐.
　　　사제에겐 흑인의 피가 조금 더 섞였느니라.
숨자 : 그 남자가 힘이 없답니다.
자자 : 이 세상에 마음 섞이지 않은 사람 어디 있
　　　느냐. 갓난아기도 피가 섞여있듯이, 마음
　　　이 섞여있으니, 태교가 중요한 이유가 거
　　　기 있느니라.
숨자 : 교육이 힘이란 말씀이군요.
자자 : 그렇느니라. 물때란 것도 물에 다른 성분

이 담겨졌다 남는 것이니, 물때란 없느니라. 바람이 지나가면 먼지가 남지만, 바람에 먼지는 없느니라. 곧 마음은 마음뿐이니, 마음에 남은 먼지를 털어내시게.

숨자 : 섞인 피와 섞인 마음을 먼저 인정하고, 밝은 마음을 유지하는 교육을 이어가면 힘이 생긴다는 말씀이군요.

자자 : 그렇느니라. 섞인 게 힘이니라. 순수한 물 자체론 힘이 아니니라. 순수자체란 제자신의 속임수이느라. 다 알고 있음은 모르는 거와 같느니라. 모르는 거를 알면 그게 힘 자체이니라.

숨자 : 자살은 어떻게 생각하시옵니까.

자자 : 한마디로 문이노라. 제자신이 문을 열고 이 세상에 나온 게 아니니, 문이 닫길 때까진 사본을 따르며 사시게.

숨자 : 그게 힘이군요.

자자 : 그렇느니라. 힘이 기쁨이니라. 힘에도 때와 먼지가 없느니라. 단지 섞였는데, 그 섞임에서 좋은 것은 키우고, 나쁜 것은 빼시게.

숨자 : 답 아닌 것이 없군요.

자자 : 문제자체에 모든 해답이 있느니라… 모든
맛을 다 보아라. 그러면 자유를 얻으리라.
그 맛을 지워버려라. 그러면 큰 자유를 얻
으리라. 제자신은 남이니라. 그러면 자유
를 얻으리라. 남은 제자신이니라. 그러면
큰 자유를 얻으리라. 큰 자유를 지워버려
라. 그러면 자유가 되느니라.

3-2

모자 : 이 삶이나 저 삶이나 그 삶이나 다 섞여지
　　　리다. 이 죽음도 저 죽음도 그 죽음도 다 없
　　　느니라. 이 없음도 저 없음도 그 없음도 다
　　　사본이니라. 단지 기쁨뿐이니라.

부자 : 사부님….

모자 : 말씀하시게.

부자 : 여선생님께 사부님이라 부르려니, 조금 어
　　　색하옵니다.

모자 : 이름에 연연하지 마시게. 누님 되시는 분
　　　께 사형이라 칭하는 거와 동일 하느니라.

부자 : 그 사형님이 그러셨습니다. 부자가 인색한
　　　건 거지와 같다고, 거지가 후한 게 부자일
　　　순 없듯이, 사본을 모르는 수도자는 후한

거지와 같고, 사본을 잊지 않는 수행자는 인색한 부자와 같느니라.

모자 : 아픔의 기쁨과 슬픔의 기쁨도 있느니라. 인연과 혈연을 더 이상 만들지 않으려 해도 살다보면 인연이 맺어지고 혈연 또한 만들어지느니라. 자식을 낳으며 키우면 여러 번 마음이 아파지며, 그러다보면 아픔과 슬픔에 기쁨이 내재되어 있다는 걸 아느니라. 허망한 기쁨 그것 또한 인생이란 앎의 기쁨이니라. 그런 기쁨이 한둘이 아닐세. 실연의 아픔도 세월이란 약으로 기쁨이 되기도 한다네. 말이 세월이지, 세월을 보내지 않고도 바로 깨달을 수 있느니라. 제자신의 문제는 잠시 접어둘 수도 있지만, 제자식의 문제는 항시 품어져 있느니라. 그래도 제자식의 고통을 모르니, 안타깝게 생각하는 만큼 부모의 문은 열려져 있어야 하느니라. 제자신의 문은 닫혀져 있더라도.

부자 : 부모의 길이 어렵군요.

모자 : 부모의 기쁨은 그보다 더 크니, 그 기쁨을
위해서라도 그 수고를 마다할 부모가 어디
있으랴.

부자 : 자식 사랑하지 않는 부모가 어디 있겠습니까.

모자 : 자식사랑은 말로 하는 게 아니라, 마음으
로 하는 것이니라.

부자 : 숙명이군요.

모자 : 운명, 숙명, 그런 게 따로 있는 게 아닐세.
그런 게 없는 게 바로 우리들의 운명이며
숙명일세.

부자 : 스스로 운명과 숙명을 만드니, 사본이 바
로 운명이며 숙명이군요.

모자 : 허허. 이미 있느니라. 벌써 없었느니라.

부자 : 사형님이 그러시더군요. 꿈에서 미래로 데
려가진 못해도, 미래를 잠시 보여주기는 한
다네. 그래서 복권에 당첨되는 게 현몽하신
조상의 은덕이지만, 자신의 노력이라 하더
라도 틀린 말은 아닐세. 실수의 고통으로
배움을 얻듯이, 조상의 베풂이 후손에게 계
시로 이어지는 건 당연하지 않는가.

모자 : 항시 제 자신을 닦으면, 자식들에겐 그보
　　　다 좋은 유산이 없다네.
부자 : 업이군요. 제 전생은 백정인가보옵니다.
모자 : 전생은 가능하나, 환생은 없느니라. 꿈이
　　　현실로 올 순 있어도, 꿈 자체론 현실이 아
　　　닐세. 전생이라 함도 상당한 부분이 코드
　　　가 같아서 그렇게 인정해 줄뿐, 실제라 고
　　　집할 수 없네. 일종의 교육적 묵인이네. 지
　　　고한 뜻이 이어지긴 하더라도, 그 뜻이 이
　　　어지는 거지 그 뜻을 지닌 사람 자체가 옮
　　　겨지는 건 아닐세. 그러니 부분적 정신의
　　　전이이지 전생은 아닐세.
부자 : 빙의도 환각의 일종이군요.
모자 : 빙의. 환자가족을 위한 병명, 변명이 되어
　　　선 안 되느니라. 환자자신을 위한 병명을
　　　서슴없이 불러라. 정신병자라고. 정신병은
　　　성병보다 깨끗한 너무 깨끗한 게 탈이 된
　　　병이라고 자랑하시게. 그러면 환자 그리고
　　　가족 모두에게 득이 되느니라. 첫째는 환
　　　자치료가 우선이니라.

부자 : 요즘은 주객을 전도시키고, 자신만 떳떳하
다고 우깁니다.
모자 : 술주정뱅이라도 윗대 가족 중 술고래였던
분이 빙의하였다고 하라. 그리고 살인자
든, 강도든, 사기꾼이든 모두 빙의하였다
고 그래라. 그러면 모든 게 편하지 않느냐.
이 세상에 나쁜 사람은 아무도 없느니라.
허허허.
부자 : 과연 누구의 세상인가요.
모자 : 자, 귀신세상을 만들자. 부자 귀신이 들면
부자 되고, 거지 귀신이 들면 거지 되고, 천
재 귀신이 들면 똑똑하게 되고, 바보 귀신
이 들면 멍청하게 되고. 얼마나 편하느냐.
잘되면 귀신덕분, 못되면 귀신 탓. 자, 귀신
이다. 이 세상 모든 게 귀신에 따라 움직이
느니라. 과연 그런가. 과연 살아있는 사람
은 이 세상에 아무도 없는가. 자, 정신들 차
리시게. 모든 게 다 나의 잘못이니라. 그리
고 모든 게 다 나의 은혜이니라. 모두 자신
들을 찾으시게.

부자 : 예. 사부님. 아주 동안이십니다.

모자 : 10년 젊게 산다고 하였는데, 이제 성취하
였으니, 앞으로는 20년 젊게 살아가리다.
동안이 유전적인 것도 있겠지만 마음이 우
선하였느니라. 긍정적이고 낙천적인. 살면
서 왜 고민이 없었겠느냐. 그럴 때마다 그
고민을 그만큼의 분량만 고민하였느니라.
분량이 넘쳐서 몸과 마음마저 더 망치면
고민을 부풀리기밖에 더 하겠느냐. 세상살
이에서 신문보고 우는 적이 더 많았느니
라. 남의 일이라 하더라도, 듣고 보는 동시
대의 사람이니, 그 슬픔에 같이 흐느껴 울
었느니라. 그런 걸로 늙지는 않느니라. 오
히려 동안에 도움이 되지 않았겠느냐. 눈
물로 정화되고, 같이 나누는 만큼 더 젊어
지지 않겠느냐.

3-3

주자 : 이 세상에서 진정한 정의라곤 사본밖에 없
　　　느니라.

열자 : 마음이 다 천국이니라.

주자 : 이 세상에서 공평한 거라곤 사본밖에 없느
　　　니라.

열자 : 어떤 종교를 믿었던, 믿지 않았든 다 천국
　　　이니라.

주자 : 가장 사랑하는 사람과 영원히 헤어지지 않
　　　는 것은 사본뿐이니라.

열자 : 성전에 돈을 바치는 게 천국행 티켓이 아
　　　니니라.

주자 : 사람보다 낫다고 애지중지하는 개하고도
　　　영원히 함께 하는 것은 사본뿐이니라.

열자 : 내일 인류가 멸망하더라도, 다른 동물들을
위해서 돈을 쓰도록 하여라.
주자 : 생물이 아닌 사물과도 영원히 함께 하리
라, 사유마저도.
열자 : 모든 사상이 사본으로 시작되었느니라.
주자 : 사본뿐이니라.
열자 : 잉카의 한 후예가 말하였느니라. 예수는
없어도 지구는 돌아간다. 태양이 없으면
지구는 돌아가지 않는다.
주자 : 신이란 말도 인간이 만든 언어일 뿐이노
라. 인간의 영역을 넘어선 경지란 인간의
사고 한계일 뿐이노라. 사본은 모든 경지
를 넘어서고, 경지자체도 없는, 하나이며
전부이니라.
열자 : 한 마야인이 말하였느니라. 우리가 세상에
나온 길에 탐닉하는 게 뭐가 나쁘냐. 다른
마야인이 말하였느니라. 우리가 세상에 걸
어온 길에 고집하는 게 뭐가 나쁘냐. 한 중
국인이 말하였느니라. 난 중국인이 아닙니
다. 한 미국인은 그 말을 이해하지 못하였

느니라. 그 미국인이 말하였느니라. 난 미국인이 아닙니다. 중국인은 그 말을 충분히 이해하였느니라. 미국인이 이해하지 못하는 건 중국인이 아니었다. 그 마야인은 다 이해하였느니라. 물에서 나와서 다 물은 아니지만, 물 아닌 곳에서 나온 게 없으니 다 물 아닌가.

주자 : 인생살이에서 그들을 만난 이유는 다 있느니라. 그들에게서 배우고, 깨닫고, 동기를 부여하여서 제 운명을 만들어란 운명이 아니더냐. 그런데 그 기회를 외면한다면 스스로 제 인생살이를 포기하는 거와 진배없느니라. 남의 인생을 살지 말고, 자신의 인생을 살도록 하시게나.

열자 : 그희들이 부르는 하나님, 그희들이 찾는 절대자의 크기가 얼만 줄 아느뇨. 개미 한 마리가 한국의 크기를 안다고 하더라도, 어찌 지구의 크기를 알겠느냐. 우주의 크기는 아느뇨. 크기가 상상 이상인 줄 알지 않겠느냐. 이 은하계도 엄청 큰 걸 알지 않

겠느냐. 태양 크기에는 지구가 1백만 개 이
상 들어가느니라. 그러면 그 하나님의 크
기는 적어도 지구만 하지 않겠느냐. 그희
들이 우러다 보는 하늘도 그의 눈동자 부
분에 지나지 않겠느냐.

주자 : 하나님의 눈이라. 인간적 발상이로군. 왜
스스로 제약적 굴레를 씌우는 피구속자인
가. 공기 없인 숨을 못 쉬어서 코를 만드는
가. 뭘 찾아먹느라 입이 필요한가. 스스로
걸림이 없으니, 형상이 왜 있겠느냐. 눈이
없어도 볼 것이고, 코가 없어도 숨 쉴 것이
고, 입이 없어도 먹을 것인데, 뭐가 필요하
랴. 형체 없는 은하수가 하나님이니라. 너
희들 다 하나님의 부분이니, 사본 아닌가.

열자 : 전지전능한 절대자가 있으면 얼마나 좋겠
느냐. 이런 시기에 한국의 최진실이나 미
국의 마이클 잭슨을 다시 살려놓으면 그
누가 절대자를 안 믿겠느냐. 그러면 더 이
상 이 지구상에는 전쟁이 없지 않겠느냐.
모든 고통에서 해방되며, 고통이란 것도

잠시의 아픔이 수반되는 기쁨으로 남지 않
겠느냐. 그러니 기쁨의 사본, 사본밖에 없
느니라. 사본밖에 없는 게 아니라, 다 사본
이니라.

주자: 절대자라곤 사본뿐이니라.

열자: 주님을 최고로 모신다는 생각도 크게 잘못
이니라. 자기 자신을 최고로 섬기어라. 아
이가 생기면, 아이를 자기보다 더 최고로
생각하여라. 그리고 다음이 부모이니라.
세 번째가 부모라고 섭섭한 부모는 덜 성
숙하였느니라. 너희들이 죽어서 누구를 섬
기겠느냐. 죽고 나서도 사본이니, 사본 자
체로 자신을 최고로 섬기는 것이니라.

3-4

부자:사부님. 소생 한 몸에 마음은 천인듯 하옵
　　니다. 마음을 닦고 돌아서면, 이내 마음이
　　얼룩져 있음을 보옵니다. 마음을 비우고
　　돌아서면, 언제였는지 벌써 마음이 흔들리
　　옵니다.

모자:마음 닦기가 숙달되면 마음 창을 열기만
　　해도 환기되어 곧 깨끗해지느니라. 생물이
　　라 늘 먼지가 날아드니까, 아무리 깨끗한
　　마음이라도 늘 때가 끼기 마련이니, 편안
　　하게 생각하시게. 불평하는 그게 또 묵은
　　때가 되는 걸세. 마음을 비운다던가, 마음
　　을 닦는 건 처음 수행자를 위한 거네. 그 과
　　정들을 다 마치면, 이미 마음도 없느니라.

마음이 없는데, 어찌 때가 끼이겠느냐.

부자: 이 몸을 죽여야 마음이라도 살릴 텐데요.

모자: 허허허. 마음은 영원히 살아있는데 뭘 살리느냐. 몸을 살리시게.

부자: 이 몸을 죽여도 이 몸이 살아나옵니까.

모자: 그렇네. 자네가 죽어도 되살려놓겠네.

부자: 진정이시옵니까.

모자: 그렇다네.

부자: 풀이를 부탁하나이다.

모자: 죽은 나무도 살아나느니라. 그 나무가 죽음에서 되살아나는 게 아니라, 그 나무의 죽음이 애초에 죽음이 아니었고, 새로운 삶으로, 사본으로 돌아갔다는 말이네. 그러니 자네가 죽어도 되살아난다네.

부자: 지금 죽음에서 되살려주시는 게 아니라, 소생이 죽어도 그건 죽음이 아니라, 새로운 삶으로 태어난다는 말씀 아니오리까.

모자: 잘 아시고 계시구만. 허허허. 사본일세.

부자: 애초에 그녀를 만나지 않았더라면…

모자: 악연과 악운도 자신이 하기에 따라서 좋은

인연과 행운으로 돌릴 수 있느니라. 그리고 바라지 않았던 악연도 그만한 이유가 있어서 자신에게 다가온 것이었네. 원하지 않았던 악운도 더 좋은 길로 인도하기 위한 방편일 뿐이니라.

부자: 그녀를 사랑하지 않았더라면.

모자: 그녀를 사랑하지 않았던 것일세.

부자: 그런가요. 사랑이 더럽고 어려운 것이구만요.

모자: 사랑이란 간단하느니라. 허나 하기에는 어려운거니라. 자신을 위한 사랑이라면 간단하지 않느냐. 달면 삼키고, 쓰면 뱉으니, 자신 뜻대로 사랑하고, 아니하면 그만이지 않는가. 그러나 진정한 사랑이라면 상대를 위한 사랑이 아니겠느냐. 상대를 위한 사랑이라면, 짐승들이 하는 사랑보단 훨씬 어려우니라. 먼저 상대를 전부 이해하고, 어떤 일이든 다 용서하고, 있는 그대로를 항시 존중하여야 하느니라. 사슴도 사랑하며, 우두머리를 존중하지 않느냐. 사람이

라면 우두머리가 아닌 꼴지라도 사랑해야
하느니라. 짐승도 서로를 아끼는데, 고등
한 인간이라면 아끼는 것 보다 더한걸 보
여줘야 하지 않겠느냐. 미치도록 사랑한다
고 부르짖고, 스스로 자결한다면 짐승보다
못한 사랑임에 심히 부끄러워하시게. 짐승
들은 설혹 미치도록 사랑하더라도 부르짖
지 아니하고, 죽도록 사랑하더라도 스스로
죽진 않느니라. 진정한 사랑이라면 상대의
행복을 우선하고, 자신을 희생하는 것일
세. 새끼들을 위하여 죽어가는 동물도 많
지 않는가.

부자: 단순하진 않군요.

모자: 가장 단순하네. 사랑하면 사랑받는 거네.
사랑받지 못하면 사랑하는 게 아닐세. 사
랑은 사랑하면 그만일세. 그 사랑이 사라
진다고 안타까워 할 건 전연 없다네.

부자: 사랑하면 삶 자체가 사랑이군요. 시간이 사
라진다고 삶이 아닌 게 아니듯이 말입니다.

모자: 그렇네. 죽음도 미지의 편견에 지나지 않

네. 완전한건 사본뿐이니라.

부자: 개나 소나 다 사랑하는군요.

모자: 그렇네. 개나 소도 보고, 듣고, 냄새 맡고, 맛보고, 피부로 느끼네. 사람이라면 5감을 떠나서, 6감으로 마음으로 깨닫는 게 가능하네. 인간의 한계만 벗어나면 7감도 있느니라. 그게 바로 죽음에서 얻는 느낌이니라. 이미 죽어 있기에 소용이 없는 게 아니라, 그 죽음을 바라보고 있는 우리로서 깨닫는 느낌이 바로 기쁨이니라. 사람이 죽고 나서도 사랑으로 남아 있다네. 주고받는 기쁨이 아니라, 기쁨 자체의 사랑으로 사본이었다는 거.

부자: 사본이었다는 거. 사본이리라는 거. 사본이라는 거.

모자: 이 지구가 없어지고, 이 하늘이 없어져도 그 사랑만은 남아 있다네. 죽음에서의 사랑은 물론 사랑보다 더 순수한 사랑이네. 존재 자체로서의 사랑, 무존재로서의 사랑, 바로 경계가 없는 사랑일세.

3-5

말자 : 천년 전 중원에 있었던 사람들의 한 명이
라든지, 엄청난 화산이 폭발한 섬에서 휩
쓸렸던 사람들의 한 명이라든지, 어디의
일원이었다면 다 소모품이니라. 단지 사본
의 일원이라면 그는 바로 주인공이기에 진
정한 삶을 누린 사람이니라. 삶과 죽음, 더
이상 논쟁할 가치가 없네. 사본 안에 다 있
느니라.

하자 : 아주 편안하게.

말자 : 세상에 지름길도 없고 돌림길도 없느니라.
다 그만한 사정으로 질러왔고, 그만한 이
유로 돌아왔느니라. 다 그만한 변명에 의
해 소기의 목적을 달성한 거에 우선 만족

하더라도, 객관적으로 보면 하나도 나아진
게 없느니라. 만남에도 지름길이 없고, 돌
림길이 없느니라. 살아 있으면 길 위에 있
고, 길 위에 있으면 사랑을 하시게, 무엇이
든. 제자신이 길 위에 있음을 깨달았다면,
무슨 길이든 그 길을 알아야 하느니라. 자
신이 길 위에 있지 않다고 느낀다면, 어떤
상황인지 먼저 그걸 알아야 하느니라. 무엇
인지 알기만 하면, 바로 거기서 나아가는
길을 찾을 수 있느니라. 길이 없는 건 자신
들이 눈을 뜨지 못한 거에 기인하느니라.

하자 : 사부님. 사람이 악하게 태어난다는 설과
사람이 선하게 태어난다는 설이 있는데,
사부님은 어느 것이라 사료되옵니까.

말자 : 허허허. 이 세상에 악한 사람은 본래 없느
니라. 사람들 말 지어내기 좋아하는 습성
에 지나지 않느니라.

하자 : 선하게 태어난다는 이치오리까.

말자 : 허허허. 그런 건 아니오.

하자 : 악하게 태어난다는 이치오리까.

말자 : 이 세상에 악한 사람은 없더라도, 다 욕심
이 있느니라. 이 세상에 따로 악한 동물이
있는가.

하자 : 없사옵니다. 다 저희들 생존수단이 달라
서, 악하게 보일뿐, 하물며 사람 속에 든 병
균도 악한 건 아니겠군요. 그 사람에겐 아
주 나쁘더라도.

말자 : 사람들에 따라서 욕심이 비워지기도 욕심
이 넘치기도 하느니라.

하자 : 그 욕심은 타고나는 것이옵니까?

말자 : 타고나는 욕심도 있느니라. 그게 생존을 위
한 취득본능, 생존을 지키려는 방어본능에
서 저절로 우선하는 욕심일세. 그리고 여러
가지로 나타나는 후천적 욕심이니라. 거기
엔 많은 분류가 가능하니라. 일반적인 욕심
과 전문적인 욕심. 등 등. 자의적 욕심과 타
의적 욕심. 이기적 욕심과 희생적 욕심.

하자 : 사람들 다 제 욕심으로 싸우니, 그걸 지켜
보는 것도 피곤하옵니다.

말자 : 허허허. 별거 아니외다. 바람에 흔들리는

　　　　풀들의 합창이오.
하자 : 제 풀에 다 꺾인다는 말씀이군요.
말자 : 지금은 추억할 시간이 없다 하더라도, 이
　　　순간에 충실하시게나. 열심히 뛰는 것보단
　　　열심히 생각하시게나.
하자 : 관조하겠나이다. 사부님.

3-6

숙자: 공부를 하시게. 나의 공부도 죽을 때까지 끝나지 않을 걸세. 장애를 만나 시련을 겪더라도 그것마저 극복하는 게 공부일세. 지금 동굴 속에서 흐느끼고 있다면, 자, 해 구경을 하시게.

정자: 어릴 때 보물찾기를 하는 놀이보다 더 재미나옵니다. 그 놀이는 조그만 선물에 불과하지만, 공부하면서 얻는 보물은 커다란 선물이옵니다.

숙자: 주어진 인연을 일부러 끊어야 할 이유가 없느니라. 비록 그 인연이 한 운명이라 하더라도 나중엔 다 끊어지느니라. 모든 인연의 이유가 다 거기에 있느니라. 그러니

모든 탄생을 기뻐하여라. 그 존재 자체를 기도하듯 사랑하라.

정자 : 기도하듯 사랑하라.

숙자 : 자신을 버리듯 사랑하라. 아까울 게 없느니라. 그게 고이고이 지키는 사랑보단 값지느니라.

정자 : 기도하듯 사랑하리다. 매번 처음 기도드리듯.

숙자 : 여인들 시집가고, 시집살이 하는 거 아주 좋은 것이기도 하네. 생각하기에 따라서. 시집가는 거 새 삶이듯, 시집살이도 새로운 삶의 시작이니라. 사람을 사랑하는 것도 처음에 욕심이 없다면 더 사랑스럽네. 나중에 더 사랑하는 자신을 보게 되면 이미 애정이 넘쳐나느니라. 그러니 사랑을 하더라도 처음처럼 기도하시게.

정자 : 영원히 가꾸는 서로의 무덤이라.

숙자 : 사랑하는 이를 만나면 겸손부터 배우시게. 배우자는 물론이고, 연관되는 모든 이에게.

정자 : 영원히 가꾸는 서로의 무덤이라.

숙자 : 사본을 깨닫고, 공부를 하면 순간적 무아
　　　가 아니라, 자의적 무아가 되느니라.
정자 : 마음은 동그랗게 생겼을까.
숙자 : 말은 동그랗게 생겼느냐. 생긴 게 아니라
　　　무엇을 담는가, 거기에 따라서 생겨지느니
　　　라. 사랑도 그와 같느니라.

3-7

금자 : 사형님. 삶은 무엇이오니까.

은자 : 바로 지금이외다.

금자 : 죽음은 무엇이오니까.

은자 : 지금이 없는 거외다.

금자 : 사랑하는 사람이 죽었사옵니다.

은자 : 애석한 일일세.

금자 : 따라갈까 하옵니다.

은자 : 사제님을 믿습니다.

금자 : 망자의 뜻을 따를까 하옵니다.

은자 : 망자의 뜻이 무엇인가. 사제님이 따라오길
　　　바라는가.

금자 : 그건 아닐 듯 하옵니다.

은자 : 사회적 행동규범의 기준이 일반적이긴 하

나, 그 일반적인 것이 자신에겐 관대하고 타인에겐 엄격하느니라. 그런데 그게 공정하지 않지 않는가. 자신에겐 관대하면 타인에게 관대하고, 자신에게 엄격하면 타인에게 엄격한 게 공정하긴 한데, 그게 사람에 따라서는 다르니라. 어떤 이는 자신에게 엄격하고 타인에게 관대한 이도 있느니라.

금자 : 그래서 지금 어찌할 바를 모르겠나이다. 그의 뜻은 내가 잘 살기를 바라지만, 제 마음으론 일반적인 해답이 아니라, 제 사랑을 이루고자 하옵니다. 마지막까지.

은자 : 어떤 이는 살아있을 때 따라오기를 바랐으나, 그가 죽고 나선 그 뜻도 유지되는 게 회의적일수도 있네. 의미가 희박해지기도 하지만, 이미 생전의 계약은 파기되었으니, 따르는 건 남은 자의 몫이네. 망각이든 승화든 남은 자의 길일세. 어떤 길이든 길은 존재하니까. 옛날 왕이 죽으면 살아 있는 사람도 함께 묻긴 했네. 자의든 타의든 죽음은 죽음일 뿐이니라.

금자 : 이젠 제게 죽음이 삶보다 고귀하옵니다.
은자 : 그건 사회적 통념을 떠나서, 부부간의 일
　　　념에 달렸느니라. 진정 사랑하는 이의 죽
　　　음을 욕되게 해선 안 되는 전제조건이 있
　　　느니라.
금자 : 죽음을 삶처럼, 삶을 죽음처럼 거두겠사옵
　　　니다. 제겐 마지막 길이지만. 우리에겐 다
　　　른 길의 시작이옵니다.
은자 : 편하게 내려놓으시게. 다 가면서 있느니
　　　라. 기쁨으로.

3-8

알자 : 죽는 것은 아름답다.

지자 : 네. 사형님.

알자 : 죽음은 아름답다, 와 전연 다르느니라.

지자 : 네. 그러하옵니다.

알자 : 오늘날 태양신을 숭배하던 그들을 어리석
게 몰아붙이지만, 훗날 그를 숭배하는 자
들이 얼마나 어리석은지 드러날 것이니라.
사실 태양을 경외하는 건 아버질 존경하는
거랑 유사하느니라.

지자 : 태양에서 탄생과 건강이 유지되니 말입니다.

알자 : 건강을 생각한다면, 맨발로 걸으시게. 잔
디밭을 거닐면, 그 풀들이랑 교감을 이룰
것이며, 땅위를 거닐면 그 흙의 미생물과

도 교감하리다. 비가 내린 잔디밭 위를 거
닐면 빗물에 스며든 미생물과 교감하며,
눈밭 위를 거닐면 미생물과 하늘의 기운마
저 교감하리다. 모래밭, 돌 위를 거닐면 그
들과도 교감하며 그들의 애기도 들으리라.
땅위를 거닐면 그 땅의 역사와도 교감하리
다. 천년이 지났더라도 그 정기를 미세하
게나마 함께 나눌 수 있느니라. 그게 다 자
신의 세포와 영혼을 젊게 하리니, 자연적
노화를 더디게 하느니라. 그 모든 교감이
바로 사본을 알고 하는 바탕이 되어야 하
네. 그러면 모든 교감이 이루어지고 함께
하니라. 그렇지 않으면 장님이 하늘과 교
감하는 것처럼 무지 어려우니라.

지자 : 뿌리 깊은 나무처럼 튼튼하겠군요.

알자 : 아무리 센 폭풍우에도 잘 견뎌낸다고 뿌리
　　　깊은 나무를 선호하기도, 무작정 뿌리 깊
　　　다고 그 나무를 선호하기도 하는데, 그건
　　　인간관점에서 보는 편견일 수도 있네.

지자 : 편견이라뇨.

알자: 자네는 고이 늙기를 바라나, 아님 많은 주름이 깊게 패인 얼굴의 늙은이가 되고 싶은가.

지자: 물론 곱게 늙는 게 좋사옵니다.

알자: 자신은 그러길 바라면서 왜 남에겐 힘든 모습의 늙은이로 바라나.

지자: 남이라뇨.

알자: 뿌리 깊은 나무가 많은 주름이 깊게 패인 늙은이 모습일세. 나무가 옥토에 있으면 뿌리를 깊이 내리지 않네. 영양분이 별로 없는 박토라 뿌리를 내리고 내리고 하는 걸세. 자신은 고생하길 원하지 않으면서, 왜 남은 고생한 걸 좋아하는가. 물이 없어 우물을 파는데, 다들 10미터만 파도 물이 나오는데, 자네는 100미터까지 파겠는가.

지자: 더 좋은 물을 위해선 그럴 수도 있지 않겠사옵니까.

알자: 그럴 수도 있네. 고생을 겪은 사람이 어려움에 봉착했을 때 그 난관을 잘 헤어 나오듯, 건강을 유지하려면 눈에 드러나는 몸

만 아니라 정신도 건강하려면 교감을 잘하
여야 하네. 그러면 주름 없이 고이 늙으면
서도 뿌리 깊은 나무처럼 튼튼하고, 사려
깊은 이웃의 심성과 내력을 나눌 수 있네.
지자 : 네. 사본이 가장 아름답군요.
알자 : 아닐세. 사본은 이미 아름다움을 넘어섰
네. 영혼의 무지개로서.

3-9

만자 : 배신의 깨달음.

　자. 축배를 들자. 배신을 위하여. 그 누구
배신당하지 않는 이 있느냐. 자. 배신을 당
하자. 친구에게서 배신을 당하고, 동료에
게서 배신을 당하고, 선생에게서 배신을
당하고, 선배에게서 배신을 당하고, 후배
에게서 배신을 당하자. 그 얼마나 멋진 일
인가. 나를 알아가는 방법치곤 좀 쓰지만
말이다.

　자. 축배를 들자. 배신을 위하여. 그 누구
배신당함을 모르는 이 있느냐.

　자. 배신을 당하자. 부모에게서 배신을 당
하고, 배우자에게서 배신을 당하고, 제자

에게서 배신을 당하고, 친척에게서 배신을 당하고, 이웃에게서 배신을 당하자. 그 얼마나 뼈저린 일인가. 나를 절망으로 몰아세우는 방법치곤 너무 아프지만 말이다.

자. 축배를 들자. 배신을 위하여. 그 누구 죽지 않는 이 있느냐. 자. 배신을 당하자. 이건 순순히 자신이 원하는 배신이다. 오로지 남아있는 자식에게서 배신을 당하자. 배신은 다 그들을 위한 것이 아니겠느냐. 그러니 제발 자식들은 이 어버이를 배신해다오. 마지막 부탁이고, 이건 기쁨의 눈물이리라. 우리는 가고, 너희들은 일어서니 말이다.

자. 축배를 들자. 배신을 위하여. 그 누구 영원하지 않는 이 있느냐. 사본으로 다 영원이니 말이다. 정말로 정말로 사랑하는 이에게서 배신을 당한다면 기꺼이 축하를 하자꾸나. 그들은 보다 나은 세계로 가지 않느냐 말이다. 이미 우리는 그걸 위하여 축배를 든다. 언제든지 말이다. 자. 축배를

들자. 배신을 위하여.

보자 : 자. 축배를 들자. 사랑을 위하여.

만자 : 누구나 무소유라오. 모두들 욕심을 가지고
있고, 그 욕심을 버려라고도 하오. 그 욕심
을 버려라, 하는 것도 욕심이오. 단지 제 자
신 그릇을 닦다보면, 그 그릇이 사람들에
게 말하지요. 실제로 욕심부릴 건 아무것
도 없다고. 어떤 수도자는 일생을 무소유
로 실천에 옮겼다 하오. 그러나 누구나 다
무소유라오. 그걸 보고만 깨달으니, 그 수
도자의 수행이 돋보이는 거외다. 내가 이
길을 걸었다고, 남들도 따라오길 바라지
마시오. 다들 제 길이 있고, 그 또한 같은
길이외다.

보자 : 자. 축배를 들자. 사람을 위하여.

3-10

기자: 이렇게 숨쉬기가 힘이 드니…. 그래도 영
생인 사본을 알기에 하루 하루 여생을 기
쁘게 보내옵니다. 사형.

시자: 사제님. 존경하옵니다. 주위여건에 따라서
체감온도가 다르듯이, 주위여건에 따라서
지각세월도 다르옵니다. 젊어선 하루 하루
가 긴 세월처럼 느끼고, 늙어선 긴 세월이
하루처럼 짧게 느끼지만 하루 24시간은 똑
같사옵니다. 오늘 죽는 날이라도 24시간
무지 긴 세월로 받아들일 수 있사옵니다.
마음먹기 따라선. 그러니 매일 삶과 죽음
을 5분이나마 명상으로 정리, 분석하여 저
장하고 잊으십시오. 주무시기 전에 좌선하

면 아침에 활력이 돋습니다.

기자 : 누구는 부잣집에 태어나 편안한 삶을 누리
더라도, 누구는 가난한 집에 태어나 힘든
삶을 영위하더라도, 다 그만한 이유가 있
사옵니다. 머물러야 하는 게 아니고, 떠나
야 하듯 말입니다.

시자 : 그렇사옵니다. 다 그만한 이유가 있느니
라. 아직 때가 아니라, 기다림의 인내를 더
배우게 하던지. 돌아가게 하느라, 헛수고
도 정녕 필요하다는 걸 알게 하던지. 누구
의 도움을 받게 하느라, 서로들 은혜와 감
사를 나누게 하던지. 눈에 보이지 않는 화
를 피하게 하느라, 아직 준비가 덜 된걸 보
충하게 하던지.

기자 : 다 그만한 이유가 있다는 게, 자기최선을
못한 방어적 정당함이나 자기합리로 도출
된 변명에 지나지 않는다면 그건 자기기
만에 지나지 않네. 다시 말하면, 그만한
이유가 있다면서, 최선 못한 변명이 상습
화되니.

시자 : 살아 있는 것은 부드러우니라. 움직여야
하니까 말이다.
기자 : 예. 삼자사형님이 그렇게 말씀하셨죠.
시자 : 고달픈 삶이란 걸 지각하더라도 그만한 이
유에서 자기의 삶을 찾을 수가 있사옵니
다. 육체적 장애든 정신적 장애든 그만한
이유가 있으며, 그걸 지각하지 못하는 사
람에게도 그에겐 그만한 이유가 있사옵니
다. 불행이란 것도 마음먹기에 따라선 행
복으로 돌릴 수가 있사옵니다.
기자 : 그렇사옵니다. 돌릴 수가 없는 게 없으니,
다 그만한 이유겠습니다.
시자 : 사본에는 패자가 없사옵니다. 그만한 이유
를 다 이겨내는 게 사본이기 때문입니다.
죽음과 삶이 다 그만한 이유로서, 사본이
인도하여 사본으로 결실을 맺사옵니다.
기자 : 어떤 길이든 가시밭길을 맨발로 지나가야
만 하는 것보단 낫지 않겠소. 발바닥에 피
흘리는 것보단 마음으로 피 흘리는 게 더
참혹하다고 비유하지만, 실제 고통은 참기

어렵지 않겠소이까. 그러니 길 아닌 길을
나서더라도 뭐가 더 두렵겠소.

3-11

문자 : 사제님. 우리는 과거를 보고 있소, 지금.

답자 : 나무는 단풍을 보지 않는다.

나무는 사람을 사람으로 본다.

사람은 나무를 나무로 보지 않는다.

사람은 사람도 사람으로 보지 않는다.

문자 : 지금 넘어가고 있는 태양, 님에겐 이미 지
나간 어제의 태양이지만, 지금 넘어가고
있는 저 태양이 곧 님의 아침에 태양으로
떠오를 것이오. 내겐 내일의 태양으로 님
에게로 향하오. 바로, 바로 그 님이 나의 태
양이듯, 태양 또한 나의 님이오.

주자 : 보통 사람은 말을 귀로 듣고, 수련하는 사

람은 말을 마음으로 듣느니라. 글을 눈으로 보는 사람은 이지적으로 좋지만, 글을 마음으로 읽는 사람은 뜻으로 동화하느니라.

수자: 사부님. 왜 아이에게 큰절을 하시옵니까.

주자: 어린 아이에게라도 큰절을 함이 마땅하오. 그들이 바로 큰마음이오. 큰절을 받은 어린이는 큰 어른이 된다오.

수자: 예. 소인은 12월 31일 밤 아내에게 큰절을 하옵니다. 1년 내내 감사하다고 말입니다. 1월 1일 아침에는 아내가 소인에게 큰절을 하옵니다. 1년 내내 잘 보살펴달라고 말입니다. 그때는 아이들이 차례를 지키며 행복하게 지켜본답니다.

주자: 허허허. 아름다운 정경이오.

답자: 답답하오이다.

문자: 명상호흡을 하시오. 사제님.

답자: 그러리다. 문제 안에 답이 있으니 말입니다.

문자: 숨을 들이쉴 때 지기를 들이마시고, 숨을 들이쉴 때 천기를 들이마시고, 그러시는

게 더 좋소이다. 그런데 실제는 지기와 천기가 따로 있지 않소이다. 지기와 천기를 공하시오. 물론 공하는 것도 공하시오. 공한다는 생각이 호흡을 방해한다면 그건 공하는 게 아니오.

몸과 맘이 편하게 그냥 호흡하시오. 그럼 공함도 없어지는 것이오. 시간적으로 1, 2, 3, 4는 코로 들이마시고, 5, 6, 7, 8은 정지하시고, 9, 10, 11, 12는 휴~ 입으로 뱉으시오. 물론 들이쉬는데 배가 불러지는 게 자연적 이치요. 그 상황이 반대라면 이미 부자연에 익숙해졌으니, 본연의 자세로 돌아가는 게 마땅하오. 그 호흡을 12번, 하루 2번만 해도 충분하오. 물론 초기에는 지기와 천기를 안는다는 습관을 들임도 좋소이다. 그러다가 나중에 모든 걸 그냥 제 몸에 맡기시오. 아픈 몸이 금방 정상적인 몸으로 돌아오는 건 아니니, 꾸준히 조금씩 하시오.

몸은 이미 자정능력이 있고, 마음은 자정능력을 배가시킨다오. 그러니 긍정적인 낙

관적인 사본이 중요하고 값지다는 거외다. 젊어지는 것도 가능하다는 말씀은 이미 늙은 부분이라도 덜 고정된 건 돌이킬 수 있소이다. 단지 주름을 마음만으론 펴지 못하지만, 얼마든지 마음만으로 가능하다오. 마음을 모으시오.

답자 : 명심하리다. 뭐든지 다 가능하며, 다 제 자신 맘먹기에 달렸으니, 오늘도 사본으로 저를 일깨워주셔서 감사드리나이다.

문자 : 감사하오이다.

3-12

심자 : 사부님. 우리의 대사부님은 누구이시온지
　　　요. 아직 살아계시온지요. 아니면 벌써 돌
　　　아가셨는지요. 사진도 없으시온지요.
성자 : 사제님이 바로 우리의 대사부님이시옵니다.
심자 : 사부님. 무슨 황당한 말씀을 하시옵니까.
　　　소인을 놀리고자 그러시온지요.
성자 : 허허허. 그럴 리가 있겠소. 사본자체만 영
　　　원한 절대자이지, 그 왼 아무것도 없다는
　　　대사부님의 말씀이오.
심자 : 대사부님의 성함은 어찌 되시온지요.
성자 : 나중에 알려질 거외다. 우선은 사본의 진
　　　리를 알려야할 시기옵니다.
심자 : 이름만이라도 귀띔하여 주심이 어떠신지요.

성자 : 그럽시다. 그거 별거 아니외다. 제가 듣기
　　　론 이름이 없다하여선지 무자라고도 하셨
　　　고, 아이 같아서 동자라고도 하였소이다.

심자 : 어리신 분이시오군요.

성자 : 그렇게 들었소이다. 그분은 가장 친절하신
　　　분이고, 화를 낼 줄 모르시고, 늘 평화로운
　　　미소를 머금고 계신다 하옵니다.

심자 : 물론 남자분이시겠지요.

성자 : 그렇게 알고 있습니다. 하이얀 피부에 유
　　　난히 입술이 붉으시고 눈썹이 짙으시어,
　　　소녀 같다고들 하였소. 뚜렷한 콧날에 맑
　　　은 눈망울에서 뿜는 빛이 비범함을 첫눈에
　　　모두들 느낀다하오.

심자 : 동자…

성자 : 어두움에서 밝음이 되시고, 그분이 가심이
　　　곧 길이 되었소.

심자 : 무자…

성자 : 그분은 어디든지 계시고, 또한 전연 계시
　　　지가 않느니라. 자네가, 바로 지금 듣고 있
　　　는 그대가 그분이라고 생각하시게끔 하시

느니라.

심자: 보고 싶군요.

성자: 거울을 보시오. 그대 마음에 있나이다.

심자: 어떤 일화는 없으시온지요.

성자: 그분은 어디든지 계시옵니다. 듣기로는, 한 주에 다 다니셨다 하더이다. 금요일엔 이슬람사원, 토요일엔 절, 일요일엔 교회, 월요일엔 힌두사원, 화요일엔 나환자촌, 수요일엔 오지의 부족마을에 가서서 목요일에 돌아오셨다고 하더이다.

심자: 생일은 어찌되시온지요.

성자: 어른은 무슨 생일이 있겠소이까. 아이에겐 특정한 하루가 있지만, 어른은 일 년 내내 생일처럼 누리고, 또한 그만큼 노력하지 않소이까. 그런데 아이들을 위해서, 말씀하셨소이다. 12월 31일이라.

심자: 그러하군요. 그래서 저희 사원에서도 그날을 각별히 기념하군요.

성자: 대사부님을 위하신 게 아니라, 아이들을 위해서 그러하오.

심자 : 그러시군요. 좋은 날씨이옵니다. 푸르고
　　　맑은 하늘에 마음마저 비상하군요.

무자 : 오해도 내버려두고 이해도 내버려두시오.
　　　내버려두는 게 이해이며 풀어주는 게 오해
　　　라오.
오자 : 삶과 죽음이 다 타이밍이라 하지만, 다들
　　　타이밍 맞게 살고 죽소이다. 그 중엔 기막
　　　힌 타이밍으로 복이 들어오는 사람도 있지
　　　만, 더러는 고난한 역경을 맞부딪쳐 스스
　　　로 타이밍도 만들어내오.
무자 : 나비는 날지, 기지 않소, 비가 와도.
오자 : 다 아무것도 아니오. 아무것도 아닌 게 다
　　　이오.

4-1

살자 : 허약해진 내 몸을 이제 믿을 수가 없다는
　　　건 수긍이라도 되지만, 허약해진 내 마음
　　　을 이제 믿을 수가 없다는 건 절망 아니고
　　　그 무엇이랴. 여기서 일어난다는 건, 마음
　　　으론 이미 지친 상태라 일컬으니, 생각 없
　　　이 걷기나 해보세. 이 넓은 천지에 아는 이
　　　하나 없고, 부르는 곳도 없지만, 여하튼 세
　　　상은 넓으니, 이 몸 하나 간수하고, 이 마음
　　　하나 둘 데가 없겠느냐. 아, 아무도 없구나.
　　　아, 아무것도 없구나. 길도 안보이지만, 내
　　　가 가는 곳이 길이리라. 허허허허.
선자 : 정말 힘들 때는 자학을 하시게. 어쩔 수 없
　　　지 않는가. 그러나 한, 두 편으로 족하네.

그대로 가라앉진 마시게. 대신 자학을 할 때 자신을 가장 절절이 비참하게 직시하시게. 더 이상 밑바닥이 없도록. 그토록 비참해지면 실컷 운 것처럼 한결 가뿐 하리다. 여전히 마음은 칙칙하더라도. 비록 절망이 겹겹이 쌓이는 비참한 자신에게 화가 나든, 불쌍하든, 그게 다 제자신의 모습일세. 그리고 다음은 생각하지 마시게. 그럴 여유도 없으니, 다음도 없겠지만. 우선 그걸로 충분하네. 그 하루, 그 날은 뜻 깊네. 가장 최하니까. 누구는 공황상태를 즐기라 하지만, 그것도 조금이나마 여유가 생겼던지, 또는 조금이나 여유 있는 사람의 자조일 것이고, 당장 여유라곤 하나도 없으니, 그저 그런 자신을 확실히 평가한 걸로 만족하시게. 가장 추한 몰골이라도 그게 자신의 지금 존재이지 않는가. 그리고 그 순간을 절실히 보내고 가슴에 묻으시게. 절대로 잊지는 않을 것이니, 맘껏 자학하시게. 세상에서 제일 돈 복 있는 사람이란 돈

복 많은 사람들을 쓰는 사람일세. 나는 사람 위에 타는 사람 있듯이, 언젠가는 기는 사람이 타는 사람이 될 걸세. 그러니 오늘은 죽어 있더라도, 내일은 어떻든 기어가지 않겠는가. 자, 맘껏 며칠이든 자학을 하시게나. 후련해지지도 않고, 더 답답하면 그만큼 더 자학하시게나. 온통 먹구름이라도 하늘은 늘 푸르네. 언젠간 빛이 보이리다. 구름이 갈라진 사이에 비춘 햇살도 엎드려 있는 사람에겐 비치네. 죽지 않았으면.

한자:자신을 믿으시오. 제일 먼저 제 자신을 믿으시게. 이 세상에 제자신보다 믿을게 뭐가 있겠느냐. 그 자신을 믿기에 부족하다면 사본을 믿으시게. 사본 자체가 믿음의 대상이 아니라, 바로 믿음 자체일세. 만사가 급하고 꼬일수록, 여유가 없을 때 일수록, 먼저 공원에 가시어 바닥에 주저앉으시게. 바닥을 보시게. 흙이 있어, 그 위에 우리가 있네. 지금 그 밑으로 들어가고 싶은가. 그 흙도

나름대로 살아서 움직이네. 우리도 살아있
는 한은 움직여 보시게. 그리고 천천히 둘
러보시게. 한낱 벌레 같은 미물도 열심히
살아가네. 그리고 잊어먹은 긴 호흡을 하시
게. 누구에게나 때는 오는 걸세. 그 때를 자
기 걸로 맞추기 위해서라도, 한 숨을 놓고
기다려보시게. 그러면 행운이 오네. 그리곤
맨손으로 태어났듯이, 어디든지 맨발로 걸
어보시게. 그게 새로운 시작일세.

홍자 : 그러겠나이다. 사부님.

한자 : 제 자신이 약해져 있거나 자신을 잃는다
면, 제 몸에서 나쁜 균이 득세하는 걸세. 제
자리를 그들에게 물려주려느냐. 그것도 한
희생으로 치부한다면, 그리 하시게나. 날
씨도 늘 변하며 달라지는데, 한 인간으로
서 늘 그 자리만 지키려느냐. 우린 날씨에
꺾이는 그리 약한 존재가 아니지 않는가.

홍자 : 네. 그러하옵니다.

한자 : 자, 우리도 변하며 나아가세. 어떤 모양이
든 제 자신이 선택하였으니, 젤 나은 것으

로 만들어야 하지 않는가. 자리란 게 보이는 그 자리로만 자리가 아닐세. 지나고 보면 자리란 게 다 알아서 변해 있느니라. 자기가 하기에 따라서, 달라지고, 잊혀가며 더 좋은 자리로 변형되느니라. 그걸 느끼지 못하고 사는 게, 또한 삶이니라. 더 나은 걸 원하든, 거기에 안주하던 당분간 충실하지 않겠느냐. 새로운 도전이니까. 자, 무엇이든 해보세. 아무리 달라도 다 사본으로 돌아가네. 자, 시작하세. 다시.

홍자: 네. 그러겠나이다.

백자: 세상이 그러하단다. 그게 태어난 의무이고 권리란다. 행복과 사랑이 권리고, 슬픔과 이별은 의무란다. 가장 절망적인 순간을 감사하시게. 그 순간을 위하여 그토록 오랜 삶이 짜여져 있음에, 그 난관을 헤쳐 나가도록 만들어진 상황에 우선 감사하시게. 거기엔 많은 인연과 시간이 부여되었느니라. 그만큼 소홀 한다면 지난 자신이 없는 거니라.

4-2

청자 : 사부님. 삶이란 무엇이오니까.

천자 : 삶이란 한마디로 기쁨과 슬픔이니라. 태어
　　　나서 기쁨을 누리는 만큼 아픔도 겪어야만
　　　하느니라. 기쁨으로 한 상태를 유지하려
　　　듯, 아픔으로 새로운 길을 모색하느니라.
　　　기쁨으로 번창함이 있다면, 아픔으로 발전
　　　이 있느니라.

청자 : 식물도 아픔이 있으오리까.

천자 : 여부가 있겠느냐. 그들도 기쁨과 아픔을
　　　나누느니라. 동물과 느끼는 건 다르느니
　　　라. 단지 기쁨에서 아픔도, 아픔에서 기쁨
　　　도 동시에 느끼느니라. 우리하곤 다르니,
　　　살아가기 위해선 편히 식물을 섭취하시게.

그러나 유희를 위해선 식물을 괴롭히지 마
시게. 존재는 다 고귀한 것일세. 사본 아닌
것이 없기에 그러하느니라.

청자: 식물의 삶은 여러 번 같사옵니다.

천자: 식물도 삶은 동물과 마찬가질세. 사본의
일회전으로 지금 누리고 있는 삶을 만끽하
세. 삶은 1회전으로 충분하네. 100회전 한
들 무엇하랴. 1회전보다 나은 게 없느니라.
100회전 하더라도 다 의식은 별개이니, 부
질없는 상상일세. 그러니 100회전이나 1회
전이나 똑같은 걸세. 그러니 지금 삶에 충
실하시게. 기쁨과 아픔을 적절히 나누고
누리세. 애초에 패배란 없는 것이네. 승자
도 없네. 그냥 한 삶, 한 사본으로 진정한
기쁨을 누리세. 그럼 모든 아픔도 바로 기
쁨이란 걸 깨닫는 걸세. 그러므로 영원한
안식을 누리는 걸세.

청자: 살아있는 건 다 마찬가지 거군요. 없는 것
도 다 마찬가지거구요.

천자: 허허허.

청자 : 살면서 지녀야 할 덕목을 지적하여 주옵
소서.

천자 : 여유로움을 지니시게. 땅바닥에 엎드려서
흙냄새나 풀냄새를 맡지 말고, 뒤로 나자
빠져서 구름이나 하늘을 보지 말고, 다 잃
고 나서 전체를 관조하는 시야를 갖지 말
고, 그 전에 단 5분간의 여유로움으로 전체
를 관망하시게. 5분이면 최선, 차선, 차차
선 3가지 결과를 예측하고, 타임아웃까지
부를 수 있는 충분한 시간이네. 모든 후회
도 단지 그 5분의 건너뜀으로 기인하네.

4-3

사자 : 마음이 빛나는 사람들이 있느니라.

가자 : 몸이 빛나는 사람보단, 마음이 빛나는 사
람이 더 위대하겠사옵니다.

사자 : 천기와 지기 사이엔 중기가 있느니라. 중
기란 곧 사람 인기라 일컫기도 하고, 바로
생본이라 생기라 일컫기도 하느니라. 사람
이 존재하기에 따르는 인기가 아니라, 사
람이 움직임에 흐르는 인기이니라. 그 인
기도 몸의 움직임보단 마음의 움직임에 더
크게 빛나니라.

가자 : 생본. 생기. 그게 사기, 사본보다 좋게 들리
겠사옵니다.

사자 : 생본, 생기. 사기. 다 사본 안에 있느니라.

나무 성냥을 켜면 불이 다 꺼져도, 마지막 자신을 빛내고 사그라지느니라. 하늘에서 내린 눈이 쌓였던 얼음도 빗물에 녹으며, 그렇게 움츠렸던 천기를 드러내며 다시 하늘로 오르느니라. 나무의 마지막 모습도 나무 자체에서 빛을 발하지만, 그 근본은 지기이니라. 눈의 마지막 모습도 얼음의 녹음이지만 천기로 화하느니라.

가자 : 다 사본으로 돌아가는 것이옵니다.

사자 : 스스로 자기 몸을 빛내는 물고기나 곤충이 있듯이, 스스로 몸이 빛나는 훌륭한 사람이 있느니라. 더하여 몸이 빛나는 사람보단 마음이 빛나는 사람이 더 위대하느니라.

가자 : 몸이 빛나는 건 사람 눈에 보이오나, 마음이 빛나는 건 사람들 눈에 보이지 않는데 어찌 아오리까.

사자 : 마음이 빛나는 사람은 그 주위에 모이는 사람들을 빛나게 하느니라. 사본의 눈에는 향기로 보이느니라.

가자 : 이제 이해하옵니다. 사부님.
사자 : 시간이 없으면 그림자도 없다.
그림자가 없으면 시간도 없다.
내가 없으면 시간도 없다.
당신이 없으면 그림자도 없다.
가자 : 몸이 불감증인 사람보단 마음이 불감증인
사람이 더 불쌍하옵군요.

4-4

유자 : 사부님. 모든 사람들이 쉽게 이해하시도
　　　록, 死本을 한마디로 말씀하여 주시오.
동자 : 사부님께서 이미 말씀하셨지 않소이까.
유자 : 사람들이 이해를 못하오니, 제 자신도 막
　　　히옵니다.
동자 : 그럴 리가 있소이까. 사부님. 바람이라 어
　　　디든 다 뚫리실 거외다.
유자 : 산이 산이 아니오. 물이 물이 아닌 듯 하오
　　　이다.
동자 : 사부님. 좋은 눈에 왜 그들의 안경을 쓰시
　　　옵고, 좋은 몸에 왜 그들의 옷을 입으시옵
　　　고, 좋은 생각에 왜 그들의 언어로 들어내
　　　시려 하나이까. 사부님. 자체로 바로 진리

시라 걸릴 데가 어디 있소이까. 산은 산으
로 두시고, 물은 물로 두시옵소서.

유자 : 허허허. 고맙소이다. 사부님. 사본이란 사
본일 뿐이오. 내버려 두지요.

동자 : 네. 그러하옵니다. 편하게 살다가 편하게
죽는 것이잖소이까. 어디도 얽매이지 않고
지내다가 죽을 때 다 놓아두는 것이죠.

유자 : 얽매이는 것도 없고, 놓아두는 것도 없고,
사는 것도 없고, 죽는 것도 없소이다. 그 없
다는 것도 없듯이 말입니다. 그게 다 근본
이지요. 이 세상에 태어나서 사는 것 자체
가 죽음의 근본이지요. 죽으면서 못다 그
린 그림을 완성한달 수도 있지만, 이미 그
림을 완성한단 의미도 없소이다. 그림을
시작하지 않았던, 그려졌던 그림도 이미
당신의 손에서 벗어난 거요. 그림자체도
없소이다.

동자 : 네. 그러하옵니다. 사부님. 그림이 없는 게
그림이지요. 삶이 없는 게 삶이고요. 죽음
이 없는 게 죽음이지요. 그저 편하게 웃는

것이지요. 사부님처럼.

유자 : 허허허.

동자 : 웃음을 거두는 게 숨을 거두는 것이니, 좀
쉰들 어떠하리오. 다 내버려두고 말입니
다. 실제 내버려두는 것도 아니지요. 그들
이 그들의 자리를 지키게끔 놓아두는 것이
지요. 산은 산으로, 물은 물로, 바람은 바람
으로, 그림은 그림으로 말입니다. 우리들
마음 또한 쉬면서 자리할 뿐 아무것도 걸
릴게 없습니다.

유자 : 그렇소이다. 걸릴 자리도 없소이다. 바탕
도 없는 바탕이오.

동자 : 사본도 없다는 말씀이군요.

유자 : 그렇소이다. 그 없음으로 오직 사본으로
지나간다오.

동자 : 지나간 사람은 사부님밖에 없소이다.

유자 : 고맙소이다. 그리고 고맙소이다.

동자 : 고맙나이다. 그리고 고맙나이다.

유자 : 자, 갑시다.

동자 : 해해해. 어디든 갑시다. 얽매일 곳도 없으

니까요.

일자 : 그들을 존경하여 칭송하였습니다. 서로들
과거와 미래를 잘 알고, 현재 또한 잘 아시
었으니까 말입니다. 고맙소 그리고 고맙
소. 다들 그러셨죠. 고맙소. 그리고 고맙소.

4-5

각자: 자유분방한 사본으로 살다가, 인간의 몸과 마음으로 태어나 그 몸과 마음에 갇혀서 죄인인양 살다가, 다시 돌아가느니라.

해자: 천국에서 내려왔으니, 마음을 빛내야 하지 않겠느냐.

각자: 그러니 아픔과 슬픔을 겪더라도 그 경험을 달갑게 받고, 기쁨과 행복을 누리더라도 그 경험을 나누며 사시게. 스스로 겸손하고, 갇힌 만큼 열어보시게.

해자: 모두 다 가는 사람들이네. 어디 가지 않는 사람이 어디 있단 말인가. 달려가든, 기어가든, 서서가든, 타고가든, 날아가든, 죽어가든 다 가고 있네. 다 처음으로 돌아가네.

사본으로.

각자: 지금 바라보고 있는…. 현재진행형에서 존재는 하고 있지 않다. 과거도 존재하지 않고, 미래도 존재하지 않고, 현재도 존재하지 않는다. 단지 한 지점에서 바라보고 있는 한 시각일 뿐. 한 지점의 지각일 뿐 모두 존재하지 않는다. 존재란 영원한 안식인 사본이니라.

해자: 죽음만이 존재할 뿐이니라.

각자: 존재하지 않는 것을 깨달음으로 존재를 볼 수 있느니라. 곡선도 짧은 거리는 직선이듯, 직선도 긴 거리는 곡선이듯, 유기적으로 돌아가는 세상도 다 연관성이 있지만, 각 물체마다 작용하는 한계성 반경이 다 있느니라. 그 반경을 지나면 다 격리된 상태이니라. 그러므로 실재 하는 건 아무것도 없느니라. 단지 임시적인 현상의 연속일 뿐이니라.

해자: 아무리 구름이 낮게 떠도 잡을 수는 없느니라.

각자 : 아무리 하늘이 높아도 미치지 않는 곳은
　　　없느니라. 자유분방한 만큼 외로움은 사그
　　　라지며 피느니라. 시간도 존재하지 않듯.
해자 : 다 있고, 다 없는 게 사본이니라. 없는 건
　　　필요치 않고, 있는 건 필요했느니라.

초자 : 사본, 쉽게 말하면, 건강하게 사는 길이니
　　　라. 태어나면서 약한 경우도 있으나 몸과
　　　마음을 보다 건강하게 가꾸며, 건강하게
　　　죽는 길이니라.

저자와의 협약에 의해 인지를 생략합니다.

마음이 빛나는 사람들
死本2

초판 인쇄 2011년 7월 1일
초판 발행 2011년 7월 11일

지은이 : 서현수
펴낸이 : 연규석
펴낸곳 : 도서출판 고글

140-872 서울시 용산구 한강로2가 144-2
등록일 : 1990년 11월 7일(제302-000049호)
전화 : (02)794-4490

값 7,000원